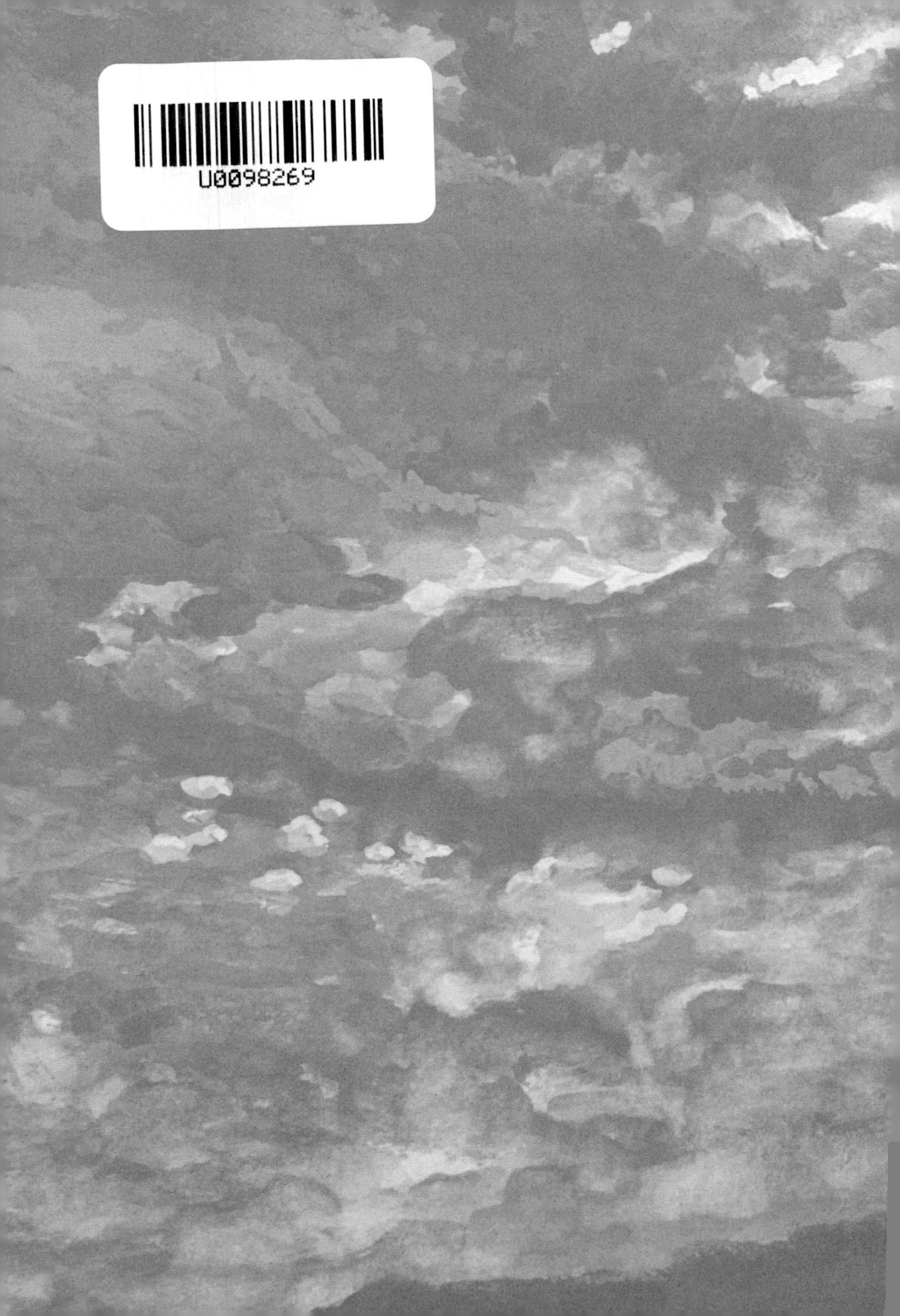

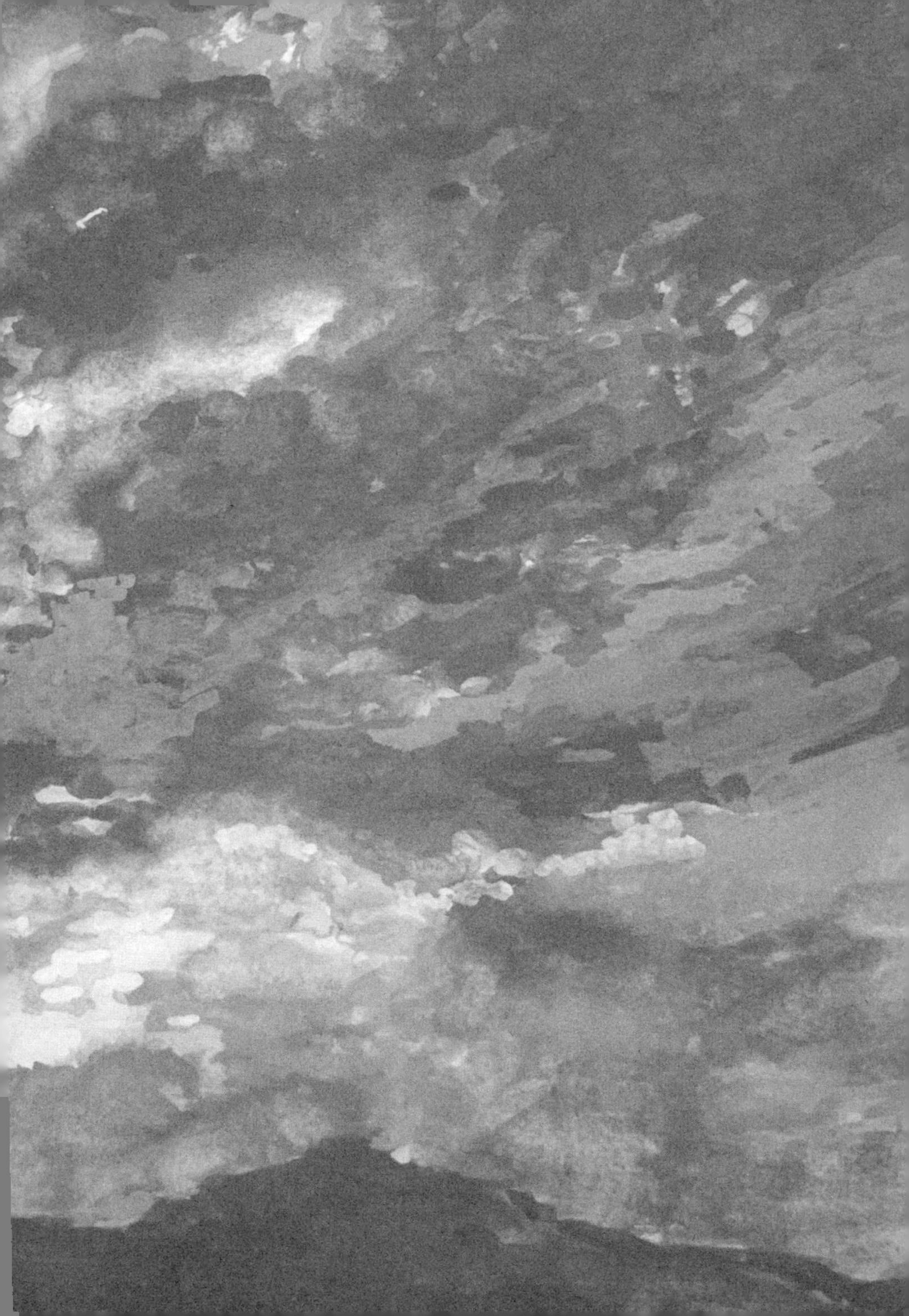

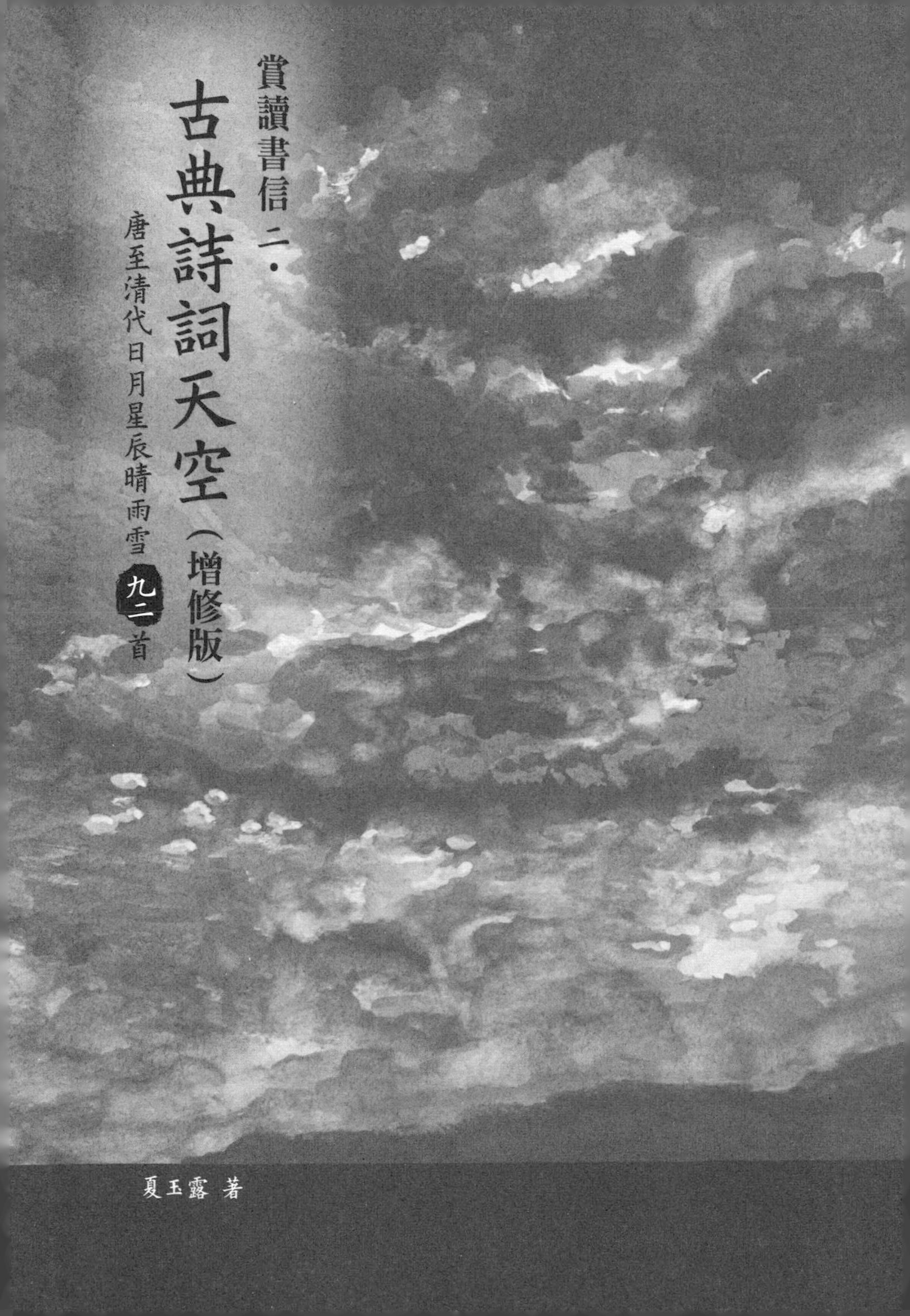

賞讀書信二・

古典詩詞天空（增修版）

唐至清代日月星辰晴雨雪九二首

夏玉露 著

前情提要

李真希和王明晴 在國中同學婉怡的婚禮上重逢後，決定要通信賞讀詩詞，順便聊聊彼此的生活點滴與感想。在賞讀與「花草樹木」相關的花園主題詩詞後，她們要開始以「天空」為主題，賞讀與「日月星辰、晴雲雨雪」相關的詩詞。

李真希 任職於臺北 DF 動畫臺，剛放下對前男友亞翔的眷戀，與同事弘宇交往中。目前，弘宇已辭掉工作，創業開設的冰淇淋店正要開幕。

王明晴 任職於中部某農會，已婚，丈夫為國中地理老師，育有差距六歲的一雙兒女。

目次

唐

五代十國

目次

北宋

北南宋之交

南宋

目次

目次

體例說明

一 **排序** 本書介紹之詩詞係按作者出生年排序，出生年不詳的作者之作品，則排在該時代的最後面。但同一作者的詩詞排序並非創作順序。

二 **注釋** 為免注釋編號影響賞讀，在詩詞裡不加注釋編號，而是在注釋處註明詞彙所在行列，供讀者對照閱讀。

三 **詩詞版本** 古典詩詞流傳久遠，少部分用字會有兩、三種版本；在字意注釋上，各家亦有不同看法。因考據訓詁非本書用意，僅擇一解釋，或有疏失之處，尚祈見諒與指教。

賞讀書信二・

古典詩詞天空（增修版）

唐至清代日月星辰晴雨雪九二首

1 望月懷遠

張九齡

海上生明月，天涯共此時。
情人怨遙夜，竟夕起相思。
滅燭憐光滿，披衣覺露滋。
不堪盈手贈，還寢夢佳期。

張九齡（673～740）

字子壽，韶州曲江人。官至右丞相，後被貶。人稱曲江公。

一注釋一

題—**懷遠**，懷念遠方的親人。

二行—**情人**：有情人。／**遙夜**：長夜。／**竟夕**：整夜。

三行—**滅燭憐光滿**：化用自南北朝謝靈運〈怨曉月賦〉的「滅華燭兮弄曉月」。／**憐**：愛。／**光**：月光。／**滋**：繁多。

四行—**不堪**：無法。／**盈手**：握滿手中。化用自西晉陸機的〈明月何皎皎〉：「照之有餘輝，攬之不盈手。」／**佳期**：指與佳人相約會，亦泛指歡聚之期。

＊賞讀譯文請見一九二頁

明晴：

我選讀張九齡的〈望月懷遠〉做為天空系列的開頭。在這首詩裡，雖然有「情人怨遙夜」這一句，我卻感覺到濃濃的暖意。因為詩裡沒有對所思念之人的怨恨，反而是想把滿滿的月光送給他。雖然詩人也知道這願望無法實現，只能期待彼此在夢中相會，但這樣的想法已讓讀者感到溫馨了。

不過，我覺得這種心情比較有可能發生在親友之間。對於遠在他方的親友，我們總會獻上祝福，希望他一切都好。但若是面對情人，難免會因渴望獨占而心生埋怨；而且，要是對方獨自在他鄉過得很好，也會懷疑自己在對方心中的地位是否微不足道。愛情真是最濃烈也最脆弱的感情啊。

所以，我始終不認為遠距離戀愛能夠維持長久。不過，我也不覺得伴侶非要天天黏在一起不可，偶爾分開一陣子並無所謂，但以見面密度來說，每年有一半以上的天數能見到面，說說話、相處幾小時，會是比較好且真實的互動吧。

雖然，這世上也有那種心有靈犀的、追求柏拉圖式戀愛的伴侶，光是透過電話或線上聊天，就可以獲得心靈的滿足。但我覺得，所謂的伴侶，就是要能夠共享生活並相處愉快，才有意義。寫到這裡，我突然發現，或許這才是我當初選擇放棄亞翔的真正原因。原來如此啊。

真希・二月

2 秋宵月下有懷

孟浩然

秋空明月懸，光彩露沾濕。
驚鵲棲未定，飛螢卷簾入。
庭槐寒影疏，鄰杵夜聲急。
佳期曠何許，望望空佇立。

孟浩然（689～740）襄陽人，世稱孟襄陽。曾隱居，也曾遊歷各地。四十歲時應進士不第，曾短暫擔任張九齡的幕僚。終生為布衣，無正式官職。

｜注釋｜

三行｜**寒影疏**：槐樹因天寒葉落，樹影稀疏。／**杵**：指擣衣。

四行｜**佳期**：歡聚之期。／**曠**：遼遠。／**何許**：何處、何時。／**望望**：依戀的樣子。／**空**：徒然。

＊賞讀譯文請見一九二頁

真希：

孟浩然的〈秋宵月下有懷〉倒是有著截然不同的情緒。月光如此明亮，驚鵲在空中拍翅飛翔，樹影稀落的院子裡傳來鄰人急切的擣衣聲，在躁動與淒清相衝突的環境裡，詩人因相聚之日遙遙無期，失神望著明月，佇立許久。這種想見卻見不到的感傷心情，則是親友與情人間都會有的。

在交通不便、通訊不發達的古代，往往一分離就是永別了。而在交通便利、網路視訊發達的現代社會，除非對方不願意，否則只要有心，一定有辦法見上一面的。相較之下，我們實在比古人幸福太多了。

不過，人們卻也因此有過於輕易道別的傾向，不再珍惜相處的時光，也不再積極相約，見面的頻率反而越來越低，真是可惜。所以，我都會時時提醒自己，隔一段時日就要約親朋好友出來見見面，畢竟回憶和情感都是透過相處互動，才能有所累積。若是只看對方貼在社群網站的近況，偶爾回應幾句，很容易流於表面的交往，缺少真實而深刻的交流。

我滿認同妳對伴侶的定義，要能夠相伴左右，才是最踏實的。不過，我認為，有個光憑心靈交流就滿足的交往對象也不錯，雖然不能常見面，但真誠交心的情感會比貌合神離的夫妻生活更加幸福，對吧？

明晴．二月

3 途中遇晴

孟浩然

已失巴陵雨，猶逢蜀阪泥。
天開斜景遍，山出晚雲低。
餘濕猶沾草，殘流尚入溪。
今宵有明月，鄉思遠凄凄。

注釋

一行—**失**：錯過。／**猶**：仍舊、還。／**巴陵**：今湖南省岳陽。／**蜀**：今四川省。／**阪**：山坡。

二行—**斜景**：西斜的陽光。

三行—**濕**：水分多、含有水分的。／**尚**：猶、還。／**流**：水的通稱。

四行—**鄉思**：思念家鄉的心情。／**凄凄**：凄清悲傷、悲傷哀痛的樣子。

＊賞讀譯文請見一九三頁

明晴：

我突然發現，「天空」主題跟妳的名字很搭耶！明月和晴日，應該都是詩詞裡常出現的意象吧，像這首孟浩然的〈途中遇晴〉就是其中之一。

一般人大多喜見放晴，孟浩然卻因天空在傍晚時分放晴了，聯想到這天晚上應該看得到月亮，將會被勾起濃烈的思鄉之情，反而覺得感傷。

這種心情讓我想起高一那年的事。當時，因為第一中學離家很遠，通勤時間太長，且公車班次又寥寥可數，我只能住進學校宿舍。但是，國中同學裡，只有我考上第一中學，學校裡完全沒有其他認識的同學，總是一個人孤伶伶的，心情十分低落。再加上，我的聰慧程度跟高手雲集的都市孩子相比，實在差一大截，雖然不至於落到最後，卻也沒辦法再像國中時那樣始終名列前茅，永遠在中段徘徊，這對我來說也是一大挫敗。

那時，真的好想家，又不願輕易示弱，每天打電話回家時，總是忍著淚水跟家人講話，不讓他們知道我內心的寂寞和難過，直到掛上電話後，才放任淚水潰堤流下。到了高一下學期，我開始跟亞翔交往，又有幾位較熟稔的朋友後，情況才逐漸好轉。唉，現在回想起當時的事，還是覺得很心酸呢。

真希・三月

4 同從弟南齋翫月憶山陰崔少府

王昌齡

高臥南齋時，開帷月初吐。
清輝淡水木，演漾在窗戶。
苒苒幾盈虛，澄澄變今古。
美人清江畔，是夜越吟苦。
千里其如何，微風吹蘭杜。

王昌齡（698～756）
字少伯，早年貧困為農，中進士後，曾任秘書省校書郎、汜水尉、江寧丞、龍標尉等職，後為刺史閭丘曉所殺。擅長七言絕句，以邊塞詩聞名。

一注釋一

題一**從弟**：堂弟。／**翫**：觀賞、玩。／**山陰**：今浙江紹興。／**崔少府**：崔國輔，生卒年不詳，曾任官職。

一行一**高臥**：高枕而安適無憂的躺臥。／**開帷**：打開窗簾。／**吐**：釋放、放出。

二行一**清輝**：月光。／**演漾**：水波蕩漾、飄搖。

三行一**苒苒**：指時光流逝。／**盈虛**：月亮圓缺。／**澄澄**：清亮透明，指月光。／**今古**：過去、往昔。亦借指消逝的人事、時間。

四行一**美人**：指崔少府。／**是夜**：這一夜。／**越吟**：史記中，有越人莊舄在楚國唱越歌寄託鄉思一事。山陰屬越地，故借用此典故。

五行一**千里**：指兩人相隔千里。／**其**：文言助詞，表示疑問的語氣。／**如何**：怎樣。／**蘭杜**：蘭草和杜若，都是香草。意指崔少府的聲名如蘭杜香氣，微風吹送就可聞到。

＊賞讀譯文請見一九三頁

真希：

之前，妳稍微提過高中時代的孤單寂寞，但我不知道情況有這麼嚴重。我們一群人讀S中，住在同一棟出租宿舍裡，過得挺開心愜意的，完全無法想到妳會有這樣的心情。跟妳在同一座城市裡，獨自讀D中的婉怡，看起來總是很開心，不知道她的內心深處是否也有和妳相似的感受呢？

王昌齡的〈同從弟南齋翫月憶山陰崔少府〉也是一首望月懷人的詩，讀起來，這份思念如月光般清淡溫煦，對人事變遷的感嘆亦輕輕帶過。詩人猜想好友也是邊賞明月邊思念自己，雖然兩人無法見面，卻因聽聞友人的好名聲而感到喜悅。縱然相隔兩地，仍篤信彼此的情誼，並在乎對方的名聲，真是堅定又成熟的友情。這是需要多年的累積互動才能成就的吧。

年少時，正值青春期的我們，是一生中最重視同儕關係的時期了，常因為太過在乎而被牽著鼻子走，不敢大膽彰顯自我，或是因為顧慮太多而選擇退縮躲藏。等到慢慢長大，逐漸建立起自信及世界觀之後，才比較能夠遊刃有餘的處理人際關係。

雖然我很遺憾沒能陪伴那時的妳，不過，我們就是藉由這些酸澀的經驗而學到何謂人情世故吧，真高興妳熬過來了。

對了，弘宇的冰淇淋店是不是快要開幕了？是什麼類型的冰淇淋店？方便說來聽聽嗎？

明晴‧三月

5 月夜江行寄崔員外宗之

李白

飄颻江風起，蕭颯海樹秋。
登艫美清夜，挂席移輕舟。
月隨碧山轉，水合青天流。
杳如星河上，但覺雲林幽。
歸路方浩浩，徂川去悠悠。
徒悲蕙草歇，復聽菱歌愁。
岸曲迷後浦，沙明瞰前洲。
懷君不可見，望遠增離憂。

李白（701～762）

字太白，號青蓮居士，有詩仙、詩俠之稱，與杜甫合稱李杜。曾供奉翰林，後漫遊各地，安史之亂時欲報效國家，做了許多嘗試，卻未能如願。

注釋

一行—**飄颻**：隨風飄動。另有版本為「**飄飄**」。／**蕭颯**：秋風勁瑟。

二行—**艫**：船前頭的刺櫂處，代指船頭。／**清夜**：清靜的夜晚。／**挂席**：揚帆。挂，通「掛」。

四行—**杳**：遼闊無邊。／**雲林**：雲籠罩樹林。／**幽**：幽暗。

五行—**方**：正、適。／**浩浩**：水流盛大的樣子。／**徂川**：流水，流逝的歲月。／**悠悠**：眇遠無盡的樣子。

六行—**蕙草**：一種香草。／**歇**：凋零、衰敗。／**菱歌**：採菱時唱的歌。

七行—**岸曲**：曲折的江岸。／**浦**：水邊。／**沙明**：明亮的沙灘。

*賞讀譯文請見一九四頁

明晴：

差點忘了跟妳說，弘宇的冰淇淋店預計在四月一日開幕，還配合愚人節設計了傻里傻氣的抽獎活動。我那天也會請假去幫忙，現在已經開始覺得緊張了，希望一切都順利。

冰淇淋店取名為「i冰」，很淺顯易懂吧。店裡每天都會推出六種口味的優格冰淇淋，還可以選擇搭配當季新鮮水果粒或是堅果粒；以外帶甜筒冰淇淋為主，同時也規劃了吧檯座位區，讓客人可以坐下來小憩。座位區的特別菜單是 **Affogato** 阿法奇朵系列，除了傳統的熱濃縮咖啡加冰淇淋外，也可以選擇熱抹茶、熱濃縮紅茶、熱可可或鮮果汁來搭配冰淇淋。主打特色是無化學添加劑的手作冰淇淋、天然食材配料，且價格親民。對了，我也會試著以吉祥物小艾和克寶為主角，至少每週在店內的黑板牆上畫一幅四格漫畫，增加趣味性和親切度。不過，決勝關鍵應該是冰淇淋好不好吃吧。

這次，我選讀李白的〈月夜江行寄崔員外宗之〉，也是一首在月夜遙想友人的詩。不過，最吸引我的是前半首對夜間江上風景的描寫，真的好美。在沒有燈光的黑夜裡，並非什麼都看不見的。當眼睛適應了這樣的暗度之後，不只是天上發光的明月和星星清晰可見，連朵朵白雲亦是，甚至山巒的層次也約略可見。夜間風景的美，是超乎人們想像的。

真希・三月

⑥ 掛席江上待月有懷

李白

待月月未出，望江江自流。
倏忽城西郭，青天懸玉鉤。
素華雖可攬，清景不同遊。
耿耿金波裏，空瞻鳷鵲樓。

一注釋一

一行一**自**：兀自、還是、依然。

二行一**倏忽**：忽然。／**城西郭**：城西的外城。／**玉鉤**：新月。

三行一**素華**：月光。／**攬**：把持、掌握。／**清景**：清麗的景色。／本句亦有「素華雖可攬，清景不可遊。」版本。

四行一**耿耿**：明亮。／**金波**：月光。／空：徒然。／**瞻**：向上或向前看。／**鳷鵲樓**：指金陵鳷鵲樓。

＊賞讀譯文請見一九四頁

真希：

光是看妳的描述，就能感受到你們的用心，應該有機會成功的。加油喔！

不過，依我輔導農民轉型經營休閒農場的經驗，可以跟你們分享幾個原則。首先，不要死守最初的藍圖，畢竟想像和現實之間一定會有差距，應該正視實際狀況做調整。但在調整的同時，千萬不能忘記初衷，「究竟要緊抓哪些核心價值？」是必須要先想清楚並牢記在心的。既然是個人創業，多少都帶有理想性在裡頭，而不只是單純求溫飽，如何堅持理想又廣受消費者歡迎，是創業者要長期面對的課題。

這次，我選讀的李白〈挂席江上待月有懷〉，也是一首在江上賞月的詩。我喜歡「待月月未出，望江江自流。倏忽城西郭，青天懸玉鉤」的動態畫面感；不過，在相關資料裡，這首詩的第五、六句，有意境截然不同的兩種版本，一是「素華雖可攬，清景不同遊」，指月光無法攬取，因此不能跟遠在他方的朋友分享這片清麗景色；另一個是「素華雖可攬，清景不可遊」，指月光灑落在身上，猶如抱在懷中，我卻沒有賞玩的心情。

我不是學者，無法從平仄或詩人用字習慣來推敲何者正確，也找不到古書可查證，只覺得這兩種意境各有千秋，都值得細細品味。

明晴‧三月

7 淮海對雪贈傅靄

李白

朔雪落吳天，從風渡溟渤。
海樹成陽春，江沙皓明月。
飄颻四荒外，想像千花發。
瑤草生階墀，玉塵散庭闕。
興從剡溪起，思繞梁園發。
寄君郢中歌，曲罷心斷絕。

一注釋一

題一**淮海**：揚州。／**贈傅靄**：另有「贈孟浩然」之說。

一行一**朔雪**：北方的雪。／**吳天**：指江南。／**從**：跟隨。／**溟渤**：大海。

二行一**海樹**：海邊的樹。／**陽春**：溫暖春天百花盛開的景象。／**皓明月**：比明月還要皎潔。

三行一**飄颻**：凌風飛翔。／**四荒**：四方邊遠的國家。／**發**：開花。

四行一**瑤草**：傳說中的香草，泛指珍美的草，也有被雪覆蓋的草之意。／**墀**：臺階上的平地。／**玉塵**：指雪。／**闕**：宮門外的瞭望樓臺。

五行一**興從剡溪起**：引自東晉王子猷在雪夜訪友人戴安道的故事，他花了一夜的時間到戴安道的住處，卻不見戴安道就直接返家，認為「吾本乘興而行，興盡而返，何必見戴？」／**剡溪**：浙江嵊州上游。／**思繞梁園發**：引自南朝謝惠連〈雪賦〉，漢梁孝王在兔園與賓客一起詠雪的故事。

六行一**郢中歌**：有〈陽春〉、〈白雪〉等歌，可參考成語「曲高和寡」的典故。／**斷絕**：形容極其悲傷。

*賞讀譯文請見一九五頁

明晴：

我們總算離開月夜，來到雪世界了。這首李白的〈淮海對雪贈傅靄〉從眼前實際所見的雪景，延伸到想像中的遠方雪景，真是美極了。不過，為什麼人們會喜歡被白雪覆蓋的世界呢？是因為少見，感覺像身在異世界或天堂般夢幻？還是這純然潔淨的白，洗滌了人心的髒污，緩和了人心的激動呢？這是生長在亞熱帶的我們對雪世界的想像，然而在積雪大半年的北極及寒帶地區，雪會造成生活上很多的不便吧？必須日復一日地將積雪從屋頂、門前及馬路上剷除，才能確保屋子的安全及交通的順暢。不過，這些我們想來麻煩的事，也許他們早就已經習慣了。哎，我對雪的想像，好像太過實際了。

弘宇的冰淇淋店已經順利開幕營業了。大學生都很喜歡嚐鮮，所以最近的生意都還不錯。若婷不愧是前空中小姐，手腳超級俐落，而且人又長得美，老實說，有不少男學生都是衝著她而來的，讓弘宇有點不是滋味。

我什麼都不會，只能幫忙收拾桌子、洗杯子等雜事，感覺起來，這家店好像是弘宇和若婷開的，而我只是一個工讀生，讓我有些不安。這是我想太多，疑神疑鬼，還是一種預感呢？

真希·四月

8 春夜喜雨

好雨知時節，當春乃發生。
隨風潛入夜，潤物細無聲。
野徑雲俱黑，江船火獨明。
曉看紅濕處，花重錦官城。

杜甫

杜甫（712～770）
字子美，自稱少陵野老、杜陵野客，世稱詩聖。早年漫遊各地，後因進士不第而困居長安。安史之亂後，曾任左拾遺、華州司功參軍、檢校工部員外郎，最後棄官漂泊各地。

一注釋一

一行**一好雨**：甘霖，及時雨。／**時節**：季節、節令。

二行**一潤物**：滋潤萬物。／**細**：聲音小。

三行**一野徑**：村野小路。／**俱**：全、都。／**明**：發亮。

四行**一曉**：早晨。／**紅濕**：被雨淋濕的花叢。／**花重**：濕潤飽滿、色澤濃重的花。／**錦官城**：指成都。當地從漢代起便以絲織工藝品「蜀錦」聞名，在漢代及三國時代在成都設有管理織錦的官員，因此成都又有「錦官城」之稱。

＊賞讀譯文請見一九五頁

真希：

我認為，應該是妳想太多了。妳在人際關係上總是太過敏感，似乎經常認為自己不被喜歡，但是妳明明就跟大家都相處得很好，為什麼這麼沒有自信呢？妳不喜歡自己嗎？還是妳討厭自己的哪個部分呢？

每個人都具有獨一無二的特質，是好、是壞，難以論定。有些自己所定義的缺點，往往在別人眼中看來是優點；有些特質適合用來做某些事，卻不適合做其他事。只要找到適合自己的生存之道，能夠發揮所長，就好了。

至於人際間的交往，就更不用擔心了，願意當妳朋友的人，一定是喜歡妳的某些特質，才會待在妳身邊，真的不必這麼惶惶不安。雖然這世上不乏愛耍心機的人，但只要我們謹守本份不貪求，懷有適度的機警心，基本上就不會被誇大的謊言所欺騙。

在春雨綿綿的季節，正適合賞讀杜甫的〈春夜喜雨〉，詩裡有著天降甘霖的欣喜感。人們總是喜歡晴天，卻忘了萬物都需要水的滋潤才能生長茁壯，而這首詩能讓人們注意到這件事。

對了，還記得嗎？我們之前賞讀花園系列詩詞時，花朵在風雨過後總是殘破不堪，但在這首詩，花朵卻因為濕潤而更有重量感，且顏色更深濃。所以，下雨不全然是壞事，就像自己討厭的部分也不會真的糟透了。

明晴・四月

❾ 新秋

杜甫

火雲猶未斂奇峰，欹枕初驚一葉風。
幾處園林蕭瑟裏，誰家砧杵寂寥中。
蟬聲斷續悲殘月，螢燄高低照暮空。
賦就金門期再獻，夜深搔首歎飛蓬。

—注釋—

一行—**火雲**：紅雲，多指夏日的雲。／**猶未**：還沒有。／**奇峰**：因夏雲騰湧而變化多端的山峰。古有「夏雲多奇峰」之句，出自東晉顧愷之或陶淵明，尚無定論。／**欹枕**：斜靠在枕上。／**一葉風**：有一葉知秋之意。

二行—**蕭瑟**：凋零、冷落、淒涼。／**砧杵**：砧為擣衣石，杵為擣衣棒，砧杵代指擣衣聲。擣衣是指用杵捶打生絲，使其柔白富彈性，能裁成衣物；古代婦女在秋涼時節常為了幫親人趕製冬衣而擣衣。／**寂寥**：寂靜冷清。

三行—**殘月**：將落的月亮。／**螢燄**：螢火蟲的光。／**暮空**：傍晚的天空。

四行—**賦**：吟詩、寫作。／**就**：完成。／**金門**：原是漢代未央宮之門，在此指唐代的宮門。／**再獻**：再獻詩賦，期望被錄用。／**搔首**：抓頭。／**飛蓬**：秋天隨風飄散的蓬草，指居無定所。

*賞讀譯文請見一九六頁

明晴：

杜甫的這首〈新秋〉倒是有著截然不同的悲涼心情。在夏秋交接之際，各種顯示秋天已經到來的景象，都讓詩人聯想到自己的孤寂心情。

不過，讓我覺得好奇的地方是，臺灣的賞螢火蟲季不是四到五月嗎？怎麼會是秋景的代表呢？查了資料後，我才知道原來有一種山窗螢的出沒季節是九到十二月，牠發出的是黃綠色持續光。對了，之前賞讀的孟浩然〈秋宵月下有懷〉（十六頁）中，也有描寫「飛螢卷簾入」的景象。

另外，〈秋宵月下有懷〉裡也有「庭槐寒影疏，鄰杵夜聲急」的句子，跟這首詩裡的「幾處園林蕭瑟裏，誰家砧杵寂寥中」，意境頗為相似，都是在樹葉已凋落大半的庭園裡，因為聽到擣衣聲而格外覺得感傷。擣衣是古代女子每天必做的家事，因此擣衣聲會讓人自然而然聯想到故鄉的老家吧。若置換成現代，會是洗衣機運轉聲嗎？嗯……怎麼感覺起來就不太浪漫了？

至於我的不安，或許是因為我和弘宇獨處的時間突然減少的關係吧。以前，我們下班後就能獨處；現在，雖然我一下班就到店裡找弘宇，卻要等到九點半打烊、跟若婷一起吃過東西後，才有獨處時間。雖然我認為伴侶不一定要天天膩在一起，卻忍不住開始擔心我們是不是會就此漸行漸遠了。

真希・四月

⑩ 秋晚新晴夜月如練有懷樂天、新秋對月寄樂天

劉禹錫

・秋晚新晴夜月如練有懷樂天

雨歇晚霞明，風調夜景清。
月高微暈散，雲薄細鱗生。
露草百蟲思，秋林千葉聲。
相望一步地，脈脈萬重情。

・新秋對月寄樂天

月露發光彩，此時方見秋。
夜涼金氣應，天静火星流。
蛩響偏依井，螢飛直過樓。
相知盡白首，清景復追遊。

劉禹錫（772～842）
字夢得。曾任監察御史，後被貶為朗州司馬，陸續擔任連州、夔州、和州、蘇州、汝州、同州刺史。與白居易同為提倡元和體的詩人。

一注釋一

題一**樂天**：即白居易，其字為樂天。
一之一行一**風調**：風和順。
一之二行一**微暈**：模糊不清的光影，指曙光而言。
一之三行一**露草**：沾露的草。／**百蟲**：指數量眾多的蟲。／**思**：想念、懷念。／**千葉**：指數量眾多的葉子。
一之四行一**脈脈**：含情，藏在內心的感情。／**萬重**：形容很多層。
二之一行一**月露**：月光下的露滴。
二之二行一**金氣**：秋氣，秋天蕭索凄清的氣息。／**火星**：小流星。
二之三行一**蛩**：蟋蟀。
二之四行一**相知**：互相知心的朋友。／**盡**：都、全。／**白首**：頭髮變白，借指老人。／**清景**：清麗的景色。／**復**：再、又。／**追遊**：尋勝而遊；追隨遊覽。

*賞讀譯文請見一九六、一九七頁

真希：

其實妳和弘宇的相處時間不算太少，就算是夫妻，除非一起工作，否則能見面的時間也跟你們差不多。能夠每天膩在一起談戀愛的情侶，只有那些同班或同校的學生吧。妳和前男友亞翔同班了七年，和弘宇剛開始交往時也在同公司上班，所以就習慣這樣的戀愛模式吧？但這樣的情況並不多見，很多人都是各自在工作崗位上努力，只能利用工作餘暇見面。所以，最重要的是彼此的心有沒有緊緊相繫吧？

劉禹錫和白居易在晚年交好，有許多唱和詩作，而我這次選讀的兩首詩，都是劉禹錫在賞月時寫給白居易的詩作，不僅描寫出美麗的月夜風景，也流露出兩人的情意堅深。情侶之間的互動，應該也能如此。

只不過，這種信任感是需要時間慢慢累積的。面對新戀情時，因為彼此還不夠熟悉，難免會感到惶惶不安，必須透過不斷的互動，一點一滴加深感情和對彼此的認識，才能夠真的打從心底相信對方不會輕易變心。

回想我和文杰剛開始交往的情況，雖然大致上一拍即合，但兩人畢竟來自不同的生長背景，有很多不同的生活習慣和相異的看法，難免會產生各種大大小小的磨擦，以及因此而產生的不安心情。隨著交往時間越來越長，逐漸能夠摸清對方的一舉一動所代表的意義之後，那股不安就會慢慢消退了。仔細想想，妳和弘宇才交往一年多，感情基礎或許還不夠堅實，只能繼續耕耘來化解這份不安嘍。

明晴·四月

11 秋詞 二首

劉禹錫

・其一

自古逢秋悲寂寥，我言秋日勝春朝。

晴空一鶴排雲上，便引詩情到碧霄。

・其二

山明水淨夜來霜，數樹深紅出淺黃。

試上高樓清入骨，豈如春色嗾人狂。

注釋

一之一行 **寂寥**：寂靜冷清。戰國時代楚國辭賦作家宋玉，在〈九辯〉裡寫了「悲哉！秋之為氣也。蕭瑟兮，草木搖落而變衰。……泬漻兮，天高而氣清。寂寥兮，收潦而水清。」／言：說。／**春朝**：春天。

一之二行 **排雲**：排開雲層。／**詩情**：作詩的情緒、興致。／**碧霄**：青天。

二之一行 **夜來**：夜裡。

二之二行 **清**：指清風。／**豈**：難道、怎麼，表示反詰、疑問。／**嗾**：教唆。

*賞讀譯文請見一九七頁

明晴：

妳說的沒錯，或許我在不知不覺中總是用前一段戀情的標準來衡量這段戀情。明明上次的結果是失敗的，怎麼能拿來做比較呢？都已經是三十多歲的人了，談起戀愛還是這麼笨拙，連自己都不知道該說些什麼。

因為工作的關係，我經常看少女戀愛動畫。劇中女主角總是為了追求愛情而不斷付出努力，就算覺得沮喪、失望，還是會鼓起勇氣再試一次，並在最後發現看似吊兒郎當又深受其他女孩歡迎的男主角，其實一直深愛自己。雷同的事件、相似的情節不斷上演，我還是看得很開心，因為那最後必然美好的結局，實在讓人感到安心，也十分嚮往。

不過，實際上的我，無法像女主角們那樣，在男主角不理睬的情況下為愛勇往直前，因為我根本不認為這世界上有非得到不可的愛情，也不相信恆久不滅的愛情。但另一方面，我還是很渴望能有人好好愛我。這種心情真是矛盾啊。

劉禹錫在這兩首〈秋詞〉裡，都拿秋天來跟春天相比，並道出秋天勝過春天之處。只要懂得欣賞，就能看出每個季節的獨特之美，看待戀情也是如此吧。我會努力克服這份不安的。

對了，妳的小兒子滿週歲了吧？有讓他抓週嗎？他抓到了什麼呢？

真希・五月

⑫ 觀雲篇

劉禹錫

興雲感陰氣，疾走如見機。
晴來意態行，有若功成歸。
葱蘢含晚景，潔白凝秋暉。
夜深度銀漢，漠漠仙人衣。

【注釋】

一行【興：事情的發生或出現。／**陰氣**：寒氣。／**見機**：察看事情發展的形勢與機會。

二行【**意態**：神情姿態。

三行【**葱蘢**：草木青翠而茂盛，引申為繁密的樣子。或指朦朧。／**晚景**：傍晚時的景色。／**凝**：聚集、凝集。／**暉**：日光。

四行【**度**：渡過。／**銀漢**：銀河。／**漠漠**：瀰漫、分散布列的樣子。

＊賞讀譯文請見一九八頁

真希：

我兒子上個月滿週歲，有為他舉辦抓週活動，不過他三心二意，什麼都拿起來把玩，實在看不出他對什麼感興趣。他最近已經很會走路了，男孩子的活動力果然驚人，還好有大女兒可以陪他玩，要不然我真的會累趴了。

這次，我選讀劉禹錫的〈觀雲篇〉，詩中描寫了雲朵在陰天、晴天、傍晚、秋日及夜間的模樣，讓人讀來意猶未盡。我很喜歡仰望天空，看看今天的雲朵是什麼模樣。雲朵的形狀千變萬化，不論它是濃密聚攏或稀薄分散，都能讓我的心情平靜下來；此外，我最喜歡看夕陽西沉時的雲彩變化。

為了記錄雲朵的姿態，我只要一看到喜歡的雲空就會拍下來，也嘗試過每天在固定時間到頂樓拍攝天空，不過因為平日工作繁忙，現在只有假日時才會上去拍。我也曾想過，是不是要錄下每天的夕陽風景，但後來心念一轉，認為既然太陽每天都會西沉，就算當天的太陽本身被雲朵遮蔽了，雲朵的色彩還是會隨之變化，應該專注欣賞當天的夕陽風景才對。我記得，妳也很喜歡看雲，對吧？

至於妳的不安，我建議妳不妨跟弘宇聊一聊，唯有坦誠相對，才能真正拉近兩人之間的距離。我也不相信愛情能長久，所以我選擇的態度是以最真實的自己面對每個當下，不去管結局會如何。

明晴・五月

⑬ 中夜起望西園值月上

柳宗元

覺聞繁露墜，開戶臨西園。
寒月上東嶺，泠泠疏竹根。
石泉遠逾響，山鳥時一喧。
倚楹遂至旦，寂寞將何言。

柳宗元（773～819）
字子厚。曾任監察御史、禮部員外郎，之後被貶任永州司馬、柳州刺史。主張「以文明道」，在古文上與韓愈齊名。與劉禹錫交情深厚。唐宋八大家之一。

一注釋一

題**一中夜**：半夜。／**值**：碰上。
一行**一覺**：睡醒。／**繁露**：濃重的露水。／**戶**：一扇門，亦指房屋出入口。／**臨**：面對。
二行**一寒月**：清冷的月亮。亦指清寒的月光。／**泠泠**：原指水聲清越，在此指月光清涼。
三行**一逾**：更加。／**時一喧**：不時叫一聲。
四行**一楹**：柱子。／**遂**：就、於是。／**旦**：天亮。／**言**：說。

*賞讀譯文請見一九八頁

明晴：

其實我不太想跟弘宇談這件事，因為我擔心這會讓他開始在意他和若婷之間的關係，反而弄巧成拙，強化了若婷在他心中的地位。

最近，開始有媒體記者來採訪冰淇淋店，弘宇都會約在我能到店裡的時間，希望我們倆一起接受採訪，分享開店心得，讓我很高興。我想，這代表我在他心中還是「正宮」，就不必多說什麼了吧。

這首柳宗元的〈中夜起望西園值月上〉，透過微小的聲響來襯托出夜的寂靜，而明亮的月光則讓詩人更加覺得寂寞，就這樣坐到天亮；然而，即便天亮了，寂寞的心情仍未消散……被貶謫至南方的詩人，是因為想到北方的京城而感到寂寞吧？

但在我的想像中，總覺得待在「夜半醒來，在只有大自然發出微弱聲響的靜夜裡，欣賞窗外的美麗月光風景」這樣的情境中，無論再怎麼煩燥或孤寂的心情都會獲得撫慰，就跟看雲時一樣。（沒錯，我也很喜歡看雲。）

我總覺得好神奇，為什麼大自然的風景具有療癒人心的力量呢？是因為「美」所帶來的愉悅感改變了我們的心情，還是因為我們從中感受到某種生命力呢？

真希・五月

14 夢天

老兔寒蟾泣天色，雲樓半開壁斜白。
玉輪軋露濕團光，鸞珮相迎桂香陌。
黃塵清水三山下，更變千年如走馬。
遙望齊州九點煙，一泓海水杯中瀉。

李賀

李賀（790～816）
字長吉。多次落第不中，曾經人薦引後任奉禮郎。有「詩鬼」之稱。

一注釋一

題一**夢**：夢遊。
一行一**兔**：傳說有玉兔在月中搗藥。／**蟾**：傳說嫦娥偷吃長生不老藥後，飛到月宮，變成了蟾蜍。／**雲樓**：雲層裡的高樓，即月宮。／**斜白**：斜照的白光。
二行一**玉輪**：月亮。／**軋**：輾過。／**團光**：圓形的光芒。／**鸞珮**：鸞形圖案的玉珮，代指仙女。／**相迎**：迎接。／**陌**：小路。
三行一**黃塵清水**：陸地和海洋。／**三山**：指蓬萊、方丈、瀛洲三座神山。／**更變**：更替變化。／**走馬**：騎馬疾行。比喻迅速。
四行一**齊州**：指中國。／**九點煙**：如煙塵九點。代指古時中國裡的九個州。／**一泓**：一片清水。／**瀉**：水向下急流。

*賞讀譯文請見一九八頁

真希：

李賀在這首〈夢天〉裡，描寫了飛上月宮看人間風景的想像畫面，乍似夢幻，實則點出了人間的光陰轉瞬即逝及萬物之渺小。

以前，總覺得「十年」好漫長，時至今日，我們已經度過人生的三個十年了；而在歷史長河裡，這三十年短暫得占不到一釐米的長度。在空間上，與浩瀚的宇宙相比，包括人類在內的所有生物都是微不足道的存在。

在遇到挫折時，若以這樣的眼光來看世界，會覺得一切都不重要，無須在意吧？這或許可算是一種豁達的心態。但另一方面，在現實社會中，這種「無須在意」的態度經常被視為不夠積極上進。

我倒是認為，不論看待世事的視角如何轉移，我們終究要面對此時此地所發生的狀況，然後選擇應對方式。或許我們可以設想五年後、十年後的情況，再決定要「堅持下去」或是「放棄」，卻無法預知半路會殺出什麼樣的程咬金。唯一真實的，就只有當下所能想到及看到的一切了，因此某些所謂「錯誤」的決定是必然會發生的。

就像人類為了追求更便利的生活而出現了工業革命及後續發展，卻沒想到這些作為將會嚴重傷害了大自然的環境，甚至造成氣候異常。現今看來，工業革命宛如是件錯事，但在當時人們的眼中卻是值得誇耀的事蹟，何錯之有？

最近，我們農會在檢討先前的一些決策，讓我有了這樣的感觸。

明晴・五月

15 春雨

李商隱

悵臥新春白袷衣，白門寥落意多違。
紅樓隔雨相望冷，珠箔飄燈獨自歸。
遠路應悲春晼晚，殘宵猶得夢依稀。
玉璫緘札何由達，萬里雲羅一雁飛。

李商隱（812～858）
字義山，號玉谿生、樊南生。父早亡，家境貧苦。因捲入牛李黨爭，仕途不順遂。與杜牧合稱「小李杜」，與溫庭筠合稱為「溫李」。

一注釋一

一行一**白袷衣**：白色的夾衣，為唐人的閒居便服。／**白門**：代指男女約會之地。／**寥落**：冷清，不熱鬧。

二行一**紅樓**：華美的樓房，亦指女子的住處。／**珠箔**：珠簾，在此指細雨綿綿。

三行一**晼晚**：日暮黃昏。／**殘宵**：殘夜，夜將盡時。／**殘宵**：殘夜，夜將盡時。／**依稀**：指夢境迷離。

四行一**玉璫**：玉做的耳墜，是古代常用的男女定情信物。／**緘札**：指書信。／**雲羅**：烏雲密布如羅網。

*賞讀譯文請見一九九頁

明晴：

最近天氣好熱，夏天真的到了呢！i冰的生意越來越好，不只弘宇和若婷忙翻了，我的夜晚和週末也完全貢獻給i冰了，真有點喘不過氣的感覺。本來弘宇打算週休一日的，但一直沒找到合適的時間，也許要過完這個夏天才有可能休息了。呼！

我們來讀首涼冷的詩，稍微冷卻一下夏天的熱氣吧。李商隱的〈春雨〉描寫在細雨中重訪舊地，卻只能面對人去樓空，思念又無處寄的寂寥。這首詩的畫面很適合用在彼此相愛，卻因故不得不分隔兩地甚或分手的愛情故事中。天空下起綿綿細雨，讓人陷入紛亂糾結的愁緒中，撐著傘，不知不覺來到舊情人的昔日住處，回想起以往的甜蜜時光，突然好想向對方傾訴心中的情意，告訴他，自己依然癡癡等待著。就在此刻，對方突然出現在眼前，原來他也因為壓抑不住心中的思念而狂奔回來。兩人在互訴情衷之餘，約定好要繼續談遠距離戀愛，為對方加油打氣，也為自己的夢想而努力。這麼一來，就轉變為少女動畫的標準結局了，不錯吧！

關於妳工作上的事，還順利嗎？我想，每個人的經驗和視野都是有限的，錯誤總是難免，不必太苛責自己，只要在知道自己的不足後，想辦法改進就好了。大部分的精彩好戲，都是描述主角在不斷犯錯、失敗後，仍不氣餒地站起來繼續努力，而逐漸成為高手的過程。人生也是如此才會越來越美麗吧。

真希・六月

16

秋月

李商隱

樓上與池邊，難忘復可憐。
簾開最明夜，簟卷已涼天。
流處水花急，吐時雲葉鮮。
姮娥無粉黛，只是逞嬋娟。

注釋

一行—**可憐**：可愛。

二行—**最明夜**：指農曆十五。／**簟**：竹席。

三行—**流處**：指月光如流水。／**吐時**：指月光從雲邊透出。／**雲葉鮮**：雲朵如新生亮麗的葉子。

四行—**姮娥**：嫦娥，代指月亮。／**粉黛**：泛指婦女塗飾的顏料。粉指脂粉，黛是畫眉的青黑色顏料。／**逞**：展露。／**嬋娟**：美好的樣子。

*賞讀譯文請見一九九頁

真希：

老實說，我是個不太能容許自己犯錯的人，總希望自己的一舉一動都能做得恰到好處，尤其是在處理事情上。畢竟人際之間的相處有太多主觀想法摻雜在其中，難以論定好壞；至於每件事情的結果好壞則是相當明確，不由分說的。但是，就算事前進行了再縝密的沙盤推演，還是經常出現意想不到的變數，打亂了整個計畫。

其實，身為農家的孩子，應該很清楚這一點的。無論再怎麼辛勤的耕耘，有時一場狂風暴雨就會毀了這一年的心血。但我總是想，除了人類無法掌控的大自然因素外，其他部分應該都是可以事先預測並做好應對措施的。只不過，我漸漸明白，人心的駕馭難度更高，有時那種莫名其妙的粗心錯誤，更是讓人防不勝防。

李商隱的這首〈秋月〉裡，訴盡了月亮那無懈可擊的皎潔美好。如果在人生中所踏出的每一步都能如此，那該有多好？只是每個人即使窮盡一生的努力，也無法到達所謂「完美無缺」的地步吧？唯一能做到的，就是「盡人事，聽天命」了。

但是，若太過豁達地看待錯誤的存在，又會覺得自己似乎太不長進了，且久而久之也容易產生怠懈散漫的心態。最好的態度，應該是在錯誤發生時仔細檢討原因，將此原因謹記在心，避免再犯，然後就把這個錯誤本身忘了吧。不要將目光放在無法改變的錯誤上，而應該專注在做好眼前的事情上。

明晴·六月

17 細雨 二首

李商隱

・其一

帷飄白玉堂，簟卷碧牙床。
楚女當時意，蕭蕭發彩涼。

・其二

瀟灑傍迴汀，依微過短亭。
氣涼先動竹，點細未開萍。
稍促高高燕，微疏的的螢。
故園煙草色，仍近五門青。

注釋

一之一行—**帷**：帷簾，指細雨如簾。／**白玉堂**：指天宮。／**簟**：竹席。／**碧牙床**：指蔚藍澄明的天空有如碧色象牙床。

一之二行—**楚女**：《楚辭・九歌・少司命》裡的神女，亦指有過情緣的女子。／**意**：情態。／**蕭蕭**：形容雨聲。／**發彩**：指秀髮光澤華潤。

二之一行—**瀟灑**：淒清。／**傍**：靠近。／**迴汀**：迂迴的沙洲。／**依微**：隱約依稀。／**短亭**：古代設在路邊的休憩亭舍，十里設一長亭，五里設一短亭。

二之二行—**萍**：浮萍。

二之三行—**促**：靠近。／**的的螢**：螢火蟲一閃一閃的樣子。

二之四行—**故園**：故鄉，或指古舊的園苑。／**煙草**：煙霧籠罩的草叢。／**五門**：古代的宮廷設有五門，此處代指京城長安。

＊賞讀譯文請見二〇〇頁

明晴：

我一直覺得，人生沒有完美，只有當下此刻的「最好」。如果能夠讓每個當下都在「好」的狀態，串連起來就會是美好的人生了。世事變幻無常，每個變化都有好的一面，也有壞的一面，全看我們從哪個角度詮釋它。

有時，某些狀況看起來很糟糕，卻是在引導我們往更好的方向發展；一些負面情緒的出現，也是在提醒我們，有某件事不對勁了。我想要相信，生活中發生的每件事裡都藏著上天的美意。不過，要坦然接受「自己犯錯了」這件事，的確不容易。我的做法是，好好大罵自己一頓，然後就放下它。

這次，我選讀李商隱的〈細雨〉，他寫了兩首以此為題的詩。第一首的「楚女」可解讀為《楚辭·九歌·少司命》中，「與女沐兮咸池，晞女髮兮陽之阿。」所指的神女，將細雨比擬為神女的長髮；也有人將「楚女」解讀為詩人所思念的舊情人，思念其長髮披肩的美麗模樣。相較而言，我比較喜歡前者的解讀。

第二首則是描寫細雨天的遠近及日夜風景，微小的細雨為天地蒙上一層薄紗，其微妙的存在讓人無法忽視，卻又幾乎沒有影響到這世界的運轉，而在迷濛間所想起的是故鄉的景色。

同樣是細雨天，我想到的卻是撐不撐傘都讓人尷尬的窘境。一撐傘就感覺不到雨的存在，讓人懷疑雨是否還在下；但一收下傘，就明確感覺到落在身上的雨滴，讓人覺得不太舒服……

真希·六月

18 更漏子

星斗稀

溫庭筠

星斗稀，鐘鼓歇，簾外曉鶯殘月。
蘭露重，柳風斜，滿庭堆落花。

虛閣上，倚欄望，還似去年惆悵。
春欲暮，思無窮，舊歡如夢中。

溫庭筠（約812～866）

本名岐，字飛卿。出身沒落的貴族家庭，屢舉進士不第。恃才不羈，性喜譏刺權貴。曾任隋縣尉、方城縣尉、國子監助教等職。精通音律。詩與李商隱齊名，時稱「溫李」；詞與韋莊齊名，並稱「溫韋」，為花間派鼻祖，多寫女子閨情。

注釋

一行——**鐘鼓**：報時的鐘鼓聲。／**殘月**：將落的月亮。

三行——**虛閣**：空閣。

四行——**舊歡**：昔日的歡樂，亦指舊情人。

*賞讀譯文請見二〇〇頁

真希：

暑假就快到了，這是我女兒人生中的第一個暑假。雖然我先生是國中老師，每逢寒暑假的作息就跟平時不太一樣，但所帶來的「衝擊」卻沒有女兒放暑假來得大。

最近，我都在思考要如何安排女兒的暑假生活，打算除了讓她持續上古箏課，再為她準備一些課外讀物和體驗活動外，也留一些無所事事的空白時間讓她自己安排，希望她能藉此學會善用時間。

寫到這裡，我突然有點懷念從前經歷過的那十五個暑假。雖然有滿多時間都是在發呆中度過，但這樣自在的空暇時光實在是人生中難再擁有的了。（或許，退休後還會有吧……）仔細回想後，除了一些閒晃的片段畫面外，還真的想不起自己到底在暑假做了哪些事。有哪個暑假是妳最懷念的嗎？

這次，我選讀溫庭筠的〈更漏子〉，詞中描寫婦人在黎明破曉前倚欄思念夫君的心情，「蘭露重，柳風斜，滿庭堆落花」既是婦人所見的景色，也比喻著她被這份思念給重壓、吹斜了，如落花般憔悴。「春欲暮，思無窮，舊歡如夢中」則描寫婦人所懷的思念無窮盡，往事已如夢，亦只能在夢中重逢歡會。不過，若拿這幾句來形容暑假結束時的不捨心情，倒也滿貼切的。

明晴・六月

⑲ 菩薩蠻

南園滿地堆輕絮

溫庭筠

南園滿地堆輕絮，愁聞一霎清明雨。
雨後卻斜陽，杏花零落香。
無言勻睡臉，枕上屏山掩。
時節欲黃昏，無憀獨倚門。

一注釋一

一行一**一霎**：一陣。
三行一**勻睡臉**：指剛睡醒的紅潤臉頰，就像勻上了脂粉。／**屏山**：屏風，上面多畫山水圖案。
四行一**無憀**：空閒而煩悶的心情。
＊賞讀譯文請見二〇一頁

明晴：

老實說，我現在不太願意回想那些暑假時光。對於小學和中學時的暑假生活，印象已經很模糊了，得翻看以前的日記和照片，才能喚醒一些點滴記憶；而在印象較深刻的高中到大學的每個暑假，我都會和前男友亞翔一起搭火車旅行幾天，一起在某間店打工，全部都是與他有關的事，只要一回想起來，就很容易擾亂我的心情。

雖然我已經和弘宇交往一年多了，還是無法完全平心靜氣地看待那段過往，偶爾仍會出現如溫庭筠〈菩薩蠻〉裡的這種難以言說的愁緒。賞讀這首詩時，我感覺到自己彷彿被夕陽的橘紅光芒所包圍，看到了庭園裡的滿地落絮和杏花被夕陽照得閃耀著黃光，以及樓閣上的女子斜倚枕上望向夕陽的黑色剪影。幸好，這些被愁緒包圍的時刻都不會維持太久，幾分鐘後，我就能把自己拉回現實中。

相較而言，我覺得寒假的回憶比較溫暖，忙著準備過年，忙著和親朋好友團聚相見，充滿了歡欣喜悅，回想起來就很開心。這種家族凝聚在一起的情感，總是能給人很安心的感覺，就算偶爾會吵鬧，也不會損害它的本質。（但我也不否認這世上的確有不少因利益衝突而翻臉的家族就是了。）

真希・七月

20 章臺夜思

韋莊

清瑟怨遙夜，繞絃風雨哀。
孤燈聞楚角，殘月下章臺。
芳草已云暮，故人殊未來。
鄉書不可寄，秋雁又南迴。

韋莊（836～910）
字端己，京兆杜陵人。早年遍遊各地，年近六十才中進士，曾任校書郎、左補闕。後入前蜀為官。著有《浣花集》。

—注釋—

題—**章臺**：原指戰國時秦宮內的樓臺，在此泛指宮殿的樓臺。

一行—**清瑟**：淒清的瑟聲。／**遙夜**：長夜。／**風雨哀**：如風雨聲般哀怨。

二行—**楚角**：楚地吹的號角，聲音悲涼。楚地為春秋戰國時期楚國所在的長江中下游一帶。／**殘月**：將落的月亮。

三行—**芳草**：香草。／**云**：助詞，用於句中，無義。／**暮**：將盡，衰頹。／**故人**：老友。／**殊**：猶、尚。

四行—**鄉書**：指家書。／**不可寄**：無法寄。／**雁**：一種候鳥，於春季返回北方，秋季飛到南方越冬。

＊賞讀譯文請見二〇一頁

真希：

前幾天，妳被我們一家人嚇到了吧？當我們決定要帶孩子到臺北玩時，就打算要突擊冰淇淋店，給妳一個驚喜。弘宇做的冰淇淋真的很好吃，我女兒回來後還一直念念不忘。可惜下次不知何時才能再吃到了。

看到若婷本人，還有她和弘宇的互動之後，我已經能體會妳的擔憂了。不過，我特別注意了弘宇看妳的眼神，能從中感覺到他對妳的在乎，所以妳應該可以稍微安心吧。

這次，我選讀韋莊的〈章臺夜思〉。在秋夜裡，先是聽到幽怨如風雨哀鳴的瑟聲，又聽到悲涼的楚地號角聲，月已落，芳草也快枯萎了，但舊友依然沒有來訪。家書無法寄達，秋雁又往南飛去了。真是個寂寞淒清的夜晚。

我認為，詩人應該不是期待某位特定的舊友來訪，而是藉此表達自己孤身在他鄉的寂寥。不過，他鄉住久了，也會變成故鄉吧。就像對妳來說，在臺北生活的日子已超過住在家鄉的日子了，當妳到外地旅行時，想念的地方應該是臺北住處，而不是老家了吧？

明晴・七月

21 酒泉子

秋月嬋娟

李珣

秋月嬋娟，皎潔碧紗窗外。
照花穿竹冷沉沉，印池心。
凝露滴，砌蛩吟，驚覺謝娘殘夢。
夜深斜傍枕前來，影徘徊。

李珣（約855～930）

字德潤，為波斯人後裔。曾以秀才為王衍賓客，事蜀主。通醫理，兼賣香藥。蜀亡後，不仕。

注釋

一行—**嬋娟**：美妙的姿容，代指月色明媚。／**皎潔**：明亮潔白。

二行—**冷沉沉**：形容寒涼陰沉的樣子。

三行—**凝露**：凝結的露珠。／**砌**：砌階。／**蛩**：蟋蟀。／**驚覺**：受驚而覺醒；驚醒。／**謝娘**：泛指美麗的女子。／**殘夢**：指零亂不全的夢。

四行—**枕前來**：指月光照在枕上。／**影**：指月影。

＊賞讀譯文請見二〇二頁

明晴：

真高興你們特別跑來找我！我為此開心了好幾天呢。

謝謝妳為我擔心感情上的事。我最近已經打定主意，不要再為他們倆會不會擦出愛的火花而瞎憂慮了。該發生的事，總是會發生，就算憂慮也阻止不了；不該發生的，就不會發生，若為了不會發生的事而憂慮，實在太浪費美好時光了。所以，我會專注在眼前的感情上，日後若有變化，就到時再面對吧。

對了，妳記得那時有個背著背包、文質彬彬的男子來買冰淇淋嗎？當時他有特別跟我們打聲招呼，妳有印象嗎？他是前陣子來採訪的記者康佳泰，出版過好幾本臺灣深度旅遊書籍。他在採訪過後，就經常來光顧，讓弘宇十分開心，因為他很擔心記者採訪時的誇獎之詞，只是場面話。

這次，我選讀李珣的〈酒泉子〉。皎潔明亮的月光冷冽地照在花間竹林，亦印在池心上。因為思念情人而淺眠的女子，被露水滴落聲及蟋蟀鳴聲給吵醒，難以再入眠，只好在逐漸低斜的月光陪伴下，倚枕沉思。我覺得這首詞的情境，跟柳宗元的〈中夜起望西園值月上〉（三八頁）有些相似，都有露水滴落、月照竹林、深夜獨醒難眠的畫面，對照賞讀還滿有趣的。

至於我在旅行時會想念的地方，是家鄉和臺北都有。我想，這兩地對我來說，是無法互相取代的重要存在吧。

真希・七月

22 漁歌子

九疑山

李珣

九疑山，三湘水，蘆花時節秋風起。
水雲間，山月裏，棹月穿雲遊戲。
鼓清琴，傾綠蟻，扁舟自得逍遙志。
任東西，無定止，不問人間醒醉。

—注釋—

一行—**九疑山**：山名，傳說為舜的葬身處。／**三湘水**：指湘江水域。／**蘆花時節**：指秋天。

二行—**棹月穿雲**：水上行舟，水面有月和雲的倒影。

三行—**清琴**：音調清雅的琴。／**綠蟻**：濁酒。

＊賞讀譯文請見二〇二頁

真希：

很高興妳終於想通了，祝福妳喔！

妳說的那名男子，我有一點印象。我想，從i冰的每個角落都看得出你們的用心之處，能受到見多識廣的記者肯定，是理所當然的，請弘宇一定要有信心。

這次，我選讀李珣的〈漁歌子〉。我很欣賞這種自得其樂的態度，更希望有機會親身體驗「水雲間，山月裡，棹月穿雲遊戲」這樣的情境。我想，這一定是在月光相當明亮的夜晚，才能在水面看到雲的倒影吧。

李珣還寫了其他幾首〈漁歌子〉，如：「楚山青，湘水淥，春風澹蕩看不足。草芊芊，花簇簇，漁艇棹歌相續。／信浮沉，無管束，釣回乘月歸灣曲。酒盈尊，雲滿屋，不見人間榮辱。」、「荻花秋，瀟湘夜，橘洲佳景如屏畫。碧煙中，明月下，小艇垂綸初罷。／水為鄉，蓬作舍，魚羹稻飯常餐也。酒盈杯，書滿架，名利不將心掛。」無論是在春天或秋天，都要在月下行舟，最後還要有酒相伴才行。

我很少喝酒，但賞讀這幾首詞後，突然覺得那酒後的微醺輕飄感，或許是讓詞人感到自在、不受拘束的要素之一。

明晴・七月

23 薄命女

天欲曉

和凝

天欲曉，宮漏穿花聲繚繞，窗裏星光少。
冷霞寒侵帳額，殘月光沉樹杪。
夢斷錦幃空悄悄，強起愁眉小。

和凝（898～955）字成績。為後梁進士，於後唐、後晉、後漢、後周等朝，皆任官職。

—注釋—

一行—**曉**：破曉。／**宮漏**：宮中漏壺，以滴水計時。

二行—**霞**：《詞律》中認為可能是「露」字。／**帳額**：床帳前幅的上端懸掛的橫幅，上面有繪畫或刺繡裝飾。／**殘月**：將落的月亮。／**樹杪**：樹梢。杪，音同「秒」。

三行—**夢斷**：夢醒。／**錦幃**：有彩色花紋的帳幕。／**空悄悄**：空寂無聲。／**強**：勉強。／**眉小**：眉頭因皺眉而顯得短小。

*賞讀譯文請見二〇三頁

明晴：

這次，我選讀和凝的〈薄命女〉，女子在黎明破曉前被冷醒，這時窗外的星月都已稀微，而她無法再入睡，只能聽著宮漏的滴答聲發愁。這首詞的情境跟李珣〈酒泉子〉（五四頁）有些相似，相同處是詞中主角的夢都被打斷，且醒來難再入眠，差異處則在醒來的時間點不同，因此一個看到的是華滿月光，一個是看到曙光微露。

我很少有這種夜半醒來睡不著的情況，若是有心事，通常連入睡都難，總是翻來覆去兩、三小時還睡不著，就算試著數羊、數呼吸，還是無法撫平思緒，放鬆地入眠。有時，我會氣到想乾脆起來看電視算了，但因隔天還要上班，可不能精神渙散，便想至少「閉目」可以「養神」，多少也算是休息，就繼續躺在床上「煎魚」。幸好，若是前一天睡不好，通常隔天晚上會累得倒頭就睡，還沒到長期失眠的程度。

寫到這裡，我突然想起經常熬夜玩耍的大學時代。那時，總覺得要玩通宵才不枉青春，夜遊、看夜景、唱KTV……，樂此不疲，真是瘋狂。那時的體力真好，就算一晚沒睡，隔天還是可以硬撐一天，要是現在，可能還沒天亮就昏倒了吧。

真希・八月

㉔ 喜遷鶯　霧濛濛

馮延巳

霧濛濛，風淅淅，楊柳帶疏煙。
飄飄輕絮滿南園，牆下草芊眠。
燕初飛，鶯已老，拂面春風長好。
相逢攜手且高歌，人生得幾何。

馮延巳（903～960）

字正中。於南唐的烈祖李、中主李璟二朝為官，與李璟關係緊密，四度任宰相又被罷黜。

一注釋一

一行**一淅淅**：形容風聲。

二行**一絮**：柳絮。／**南園**：泛指園圃，種植花木果蔬的地方。／**芊眠**：茂盛的樣子，同「芊綿」。指草木蔓衍叢生。

四行**一幾何**：多少。

*賞讀譯文請見二〇三頁

真希：

這次，我選讀馮延巳的〈喜遷鶯〉，在春風吹拂、飄著霧的清晨裡，青草地上滿是飄落的柳絮，與好友相聚同歡，共享稍縱即逝的美好時光。「相逢攜手且高歌，人生得幾何。」這兩句正適合形容我最近的心情，因為我在上個週末跟高中好友一起聚餐，又參加了大學同學會，十分開心。

我們這群高中好友剛好都是在大學時期遇到另一半，在差不多的時間結婚生子，孩子們的年紀相仿，見面時很容易就玩在一起，但是孩子們能不能如我們所願成為知交，就不得而知了。一聊起高中時的蠢事，總讓人笑得停不下來，直呼臉頰好痛。

大學同學們的際遇就各不相同了，有半數還沒結婚生子，少數完全沒有結婚的打算。從前的班對大多分手了，各自帶來新的另一半，因此，負責準備同學會上要播放的回憶照片集錦的同學，還特別剔除那些有當事人親密搭肩、摟腰等畫面的照片，免得大家相看兩尷尬，又對他們現在的戀情造成影響。雖然氣氛好像有些微妙，但大部分時間還是聊得很開心。

不過，我也發現，學生時代的風雲人物，事業成就不見得特別突出；在學校裡沉默寡言的低調人物，也有可能在自己的專業領域闖出一片天。所以，在學校的表現好壞，並不等於這一生的成就高低。

對了，阿豪和小君的寶寶前一陣子誕生了，忙得不可開交，所以今年不打算辦國中同學會，明年再看狀況。

明晴・八月

25 應天長

石城山下桃花綻

馮延巳

石城山下桃花綻，宿雨初收雲未散。
南去權，北歸雁，水闊天遙腸欲斷。
倚樓情緒懶，惆悵春心無限。
忍淚蒹葭風晚，欲歸愁滿面。

※關於本詞作者，亦有歐陽脩之說。

注釋

一行：**石城**：指石頭城，即南京。／**宿雨**：昨夜的雨。／**收**：停止。

二行：**權**：划船用的槳，代指行船。／**雁**：一種候鳥，於春季返回北方，秋季飛到南方越冬。／**腸欲斷**：因憂愁而使腸子快要斷裂。形容憂愁苦悶。

三行：**情緒**：心情。／**懶**：慵懶。／**惆悵**：悲愁、失意。／**春心**：心懷男女之情。

四行：**蒹葭**：荻草和蘆葦。／**欲**：將要。

＊賞讀譯文請見二〇四頁

明晴：

i冰開幕至今已經快四個月了，雖然生意比預期中好，值得欣喜，但弘宇卻從來沒休過假，都快累壞了。最近他總是顯露出疲態，脾氣也變得有些暴躁，我建議他店休幾天，卻被拒絕了。弘宇說，他樂在其中，不要緊的；他也保證，等天氣轉涼後，一定會每週休一日。

或許，有了自己的事業之後，就必得全身心投入才行。但日復一日把自己繃得太緊也不好，不僅身體撐不住，精神也難以集中，就連熱情也會消退，做起事來就容易出錯。偶爾放鬆一下，把身上的壓力全都抖光，才能以最好的狀態迎戰，不是嗎？還好，因為營收還算穩定，弘宇決定要應徵一名工讀生來幫忙。希望他的工作量真能就此減輕一些。

這次，我選讀馮延巳的〈應天長〉，上片描寫在春天與情人分離的景象，下片則是在秋日倚樓愁思直到日落的情境，也是一首思念情人的詞，但與先前賞讀過的溫庭筠〈更漏子〉（四八頁）、〈菩薩蠻〉（五〇頁）、李珣〈酒泉子〉（五四頁）及和凝〈薄命女〉（五八頁）的不同之處，是多了離別時的情境，且場景走出庭園，來到開闊的江河邊，時間點則落在白天。賞讀起來，所想像的畫面雖然清新大氣，卻讓人感覺到更加深沉的悲傷呢。

真希・八月

26 喜遷鶯

曉月墜

李煜

曉月墜，宿雲微，無語枕頻攲。
夢回芳草思依依，天遠雁聲稀。
啼鶯散，餘花亂，寂寞畫堂深院。
片紅休掃儘從伊，留待舞人歸。

李煜（937～978）
初名從嘉，字重光，號鐘隱、蓮峰居士，為南唐的末代君主，世稱李後主。在南唐滅亡後被北宋俘虜。精書法、工繪畫、通音律，有詞聖之稱。

注釋

一行 **曉月**：指早晨的殘月。／**宿雲**：夜間的雲。／**微**：消散。／**攲**：傾斜，斜靠。（音同「棲」。）

二行 **夢回**：夢醒。／**芳草**：指夢中所見的女子。／**依依**：留戀不捨。／**雁聲稀**：音信很少。古人把鴻雁視為信差的代表。相傳漢武帝時，漢使接獲密告，得知匈奴將使臣蘇武流放北海，卻謊稱他已死，並用計對匈奴說，漢皇帝射下的一隻鴻雁上有蘇武的帛書，讓蘇武得以被釋放。

三行 **餘花**：尚未凋謝的花。／**畫堂**：華美的廳堂。

四行 **片紅**：飄落的花瓣。／**伊**：他，指片紅。／**舞人**：指所愛的女子。

＊賞讀譯文請見二〇四頁

真希：

這首李煜的〈喜遷鶯〉則是從男性的角度來描寫思念情人的情境，不過我覺得它所散發的氛圍，與先前賞讀的同類詞極為相似，就算把「舞人」代換為「蕭郎」、「檀郎」等所愛男子的稱呼也很合理，只不過平仄可能與詞譜不合就是了。或許，人世間的相思之情，本來就無男女之別吧。

我認為這首詞的別出心裁之處，在於「片紅休掃儘從伊，留待舞人歸」這句，詞中主角似乎是想借此對心上人訴說：「這落花滿地的庭園猶如我的心情，因為思念妳，我已經頹喪到什麼都不管不顧了。」這樣無聲的深情抗議，會讓很多少女怦然心動吧？

我能理解妳對弘宇的擔心，但既然妳已經盡到提醒的責任了，就多信任弘宇一些吧！相信他的決定，相信他有能力處理好所有的事。伴侶之間就是這樣，雖然生活在一起，但彼此終究是獨立的個體，必須對自己的人生負責，旁人或許可以發揮一些影響力，但是做決定的人始終是自己（包括要不要聽從別人的決定）。所以，我想妳只要扮演好支持的角色，伺機上場支援就足夠了，不要企圖改變他的人生觀，主導他的人生方向。

明晴・八月

27 巫山一段雲

雨霽巫山上

毛文錫

雨霽巫山上，雲輕映碧天。
遠風吹散又相連，十二晚峰前。
暗濕啼猿樹，高籠過客船。
朝朝暮暮楚江邊，幾度降神仙。

毛文錫
字平珪，為唐進士，後在前蜀任翰林學士等職。

注釋

一行─**雨霽**：雨後放晴。／**映**：映襯，映照烘托。／**碧天**：青天，藍色的天空。

二行─**十二晚峰**：夕照中的巫山十二峰。巫山山脈位在重慶、湖北、貴州三省的邊界，長江三峽即在其中。

三行─**籠**：籠罩。

四行─**楚江**：即長江。／**神仙**：引自戰國時代宋玉的〈高唐賦序〉，其中提到巫山神女「旦為朝雲，暮為行雨」，曾與楚王歡會。

＊賞讀譯文請見二〇五頁

明晴：

或許妳說的沒錯，我一直想把弘宇套進我預設的形象中，而沒有好好看著真正的他。這幾天，我到店裡幫忙時，總會趁空檔觀察弘宇的一舉一動，確認他跟我所以為的那個弘宇是不是同一個人。結論是，基本上是類似的，沒有太大差別，這讓我鬆了一口氣。

不過，或許是弘宇最近太累了，看起來總是一副有心事的樣子。我問他，「是不是在為哪件事煩心？」他總是回答，「沒事，睡一覺就好了。」感覺起來反而更像在逃避什麼，讓我十分介意。不過，我把想追問的心情按捺下來了。或許等他想通，就會跟我說吧。

這次，我選讀毛文錫的〈巫山一段雲〉。在賞讀這首詞之前，要先了解巫山神女的傳說。戰國時代的楚國辭賦作家宋玉，在〈高唐賦〉裡提及楚王夢見巫山神女向他示愛，並自白：「妾在巫山之陽，高丘之阻，旦為朝雲，暮為行雨。」而詩人以此為靈感，在上片描寫巫山神女化為雲朵，時濃時淡的景象；下片則是描寫雲朵時而飄在巫山樹林上，時而眷顧江面客船，看似行蹤不定，卻始終沒有離開楚江邊，殷殷期盼遇到有緣人。真是又傻又浪漫呢。

真希‧九月

28 生查子

春山煙欲收

牛希濟

春山煙欲收，天澹星稀小。
殘月臉邊明，別淚臨清曉。
語已多，情未了，迴首猶重道。
記得綠羅裙，處處憐芳草。

牛希濟（約925年前後在世）
牛嶠的侄子。曾於前蜀任起居郎、翰林學士、御史中丞等職，之後隨前蜀主降於後唐，曾任雍州節度副使。

—注釋—

一行—**煙欲收**：霧氣開始變淡。／**天澹**：天將亮。

二行—**殘月**：將落的月亮。／**清曉**：清晨。

三行—**重道**：再次叮嚀。

＊賞讀譯文請見二〇五頁

真希：

我突然想到一件事。妳每天都到i冰幫忙嗎？所以，弘宇沒休息的話，就表示妳也都沒有休息嘍？妳還有正職工作，疲累的程度不輸弘宇吧？希望妳別只顧弘宇，也要注意自己的身心狀況，別讓自己太累了。

這次，我選讀牛希濟的〈生查子〉。上片所描寫的時間點雖是在黎明破曉之前，但讀完整首詞後，卻讓人感覺到這對即將分離的情人已經淚眼互訴情意一整晚了。最後的「記得綠羅裙，處處憐芳草」，有人認為是留在家鄉的女子對情人的叮嚀，也有人認為是離鄉的男子給情人的承諾，「看到芳草就要／會想到穿著綠羅裙的我／妳，記得這份憐愛之情，千萬別／絕對不會對其他野花動心。」不管是出自誰口，都讓人感覺到纏綿悱惻的情意。

才一轉眼，暑假就結束了，我女兒雖然懷念暑假，但還算開心地迎接開學。二年級生的作息跟一年級生相同，沒有什麼大變化。唯一的改變，就是我們看她對學古箏仍感到興致勃勃，便買了一架古箏給她，並規定每天練習古箏的時間。我想，這不是什麼高壓強迫教育，因為「不斷練習」是學習每項新事物應有的基本態度，父母應該幫助兒女培養這樣的認知和習慣。只是父母要注意到時間和頻率的合理性，避免過度逼迫而扼殺了孩子的興趣。

明晴・九月

29 河傳

秋雨

閻選

秋雨，秋雨，無晝無夜，滴滴霏霏。
暗燈涼簟怨分離，妖姬，不勝悲。
西風稍急喧窗竹，停又續，膩臉懸雙玉。
幾迴邀約，雁來時，違期，雁歸人不歸。

閻選
為五代十國時期的蜀地布衣，工小詞。與歐陽炯、鹿虔扆、毛文錫、韓琮，合稱「五鬼」。

注釋

一行—**霏霏**：雨、雪、煙、雲綿密的樣子。

二行—**簟**：竹席。／**妖姬**：美麗的女子。／**不勝**：無法承擔；承受不了。

三行—**稍**：頗、甚。／**喧窗竹**：使窗前的竹枝搖曳發出聲響。／**膩**：細緻滑潤。／**雙玉**：兩行淚。

四行—**雁**：一種候鳥，於春季返回北方，秋季飛到南方越冬。／**期**：約定的時間。

＊賞讀譯文請見二〇六頁

明晴：

我還有精神寫信給妳，就表示我還沒累垮，請放心嘍。

除了上晚班的週二之外，我幾乎都會到店裡幫忙。不過，i冰是晚上九點半關門，所以我平日只能幫忙兩、三小時，週末才會幫忙一整天。坦白說，是有點疲累，不過這些都是打雜的勞力工作，不太需要動腦，剛好可以補充運動量，讓我晚上比較好入眠，也算是另一種收穫。不過，接下來因公司同事要休長假，我勢必得經常加班，只有週末才能到店裡幫忙了。

這次，我選讀閻選的〈河傳〉，詞中描寫在秋雨綿綿的夜裡思念遠方情人的情境。情人幾度失約不歸，讓女子淚如雨下，風吹竹林的聲響似乎在暗喻女子內心的悲啼，情緒相當鮮明。

我覺得，能夠如此放縱情緒地思念一個人，也是件好事。只要讓心中的悲痛、不滿、怨懟等負面情緒，隨著淚水流出體外，就能以清明的思緒決定接下來要怎麼應對。記得十多歲時，總是能坦然面對自己的情緒，想哭就躲起來哭；但隨著年紀增長，在理性思維下，總認為自己不應該一遇到傷心事就脆弱得流眼淚，而將哭泣的衝動壓抑下來，只能趁著被催淚的電視節目勾動情緒時，順便流幾滴淚，還能辯稱：「是因為節目太感人的關係……」

真希・九月

30 佳人醉

暮景蕭蕭雨霽

柳永

暮景蕭蕭雨霽，雲淡天高風細。
正月華如水，金波銀漢，瀲灩無際。
冷浸書帷夢斷，卻披衣重起。臨軒砌。
素光遙指，念翠娥杳隔，音塵何處，相望同千里。
儘凝睇，厭厭無寐，漸曉雕闌獨倚。

柳永（約984～1053）

原名三變，字景莊，後改名永，字耆卿。因排行第七，又稱柳七。出身官宦世家，早年沉醉聽歌買笑生活，多次參加科舉不中。年近半百中進士，曾任睦州團練推官、余杭縣令、曉峰鹽鹼、泗州判官、屯田員外郎等職。為婉約派代表人物之一。

一注釋一

一行一**暮景**：日落時的景色。／**雨霽**：雨後天晴。／**蕭蕭**：形容風雨聲。

二行一**月華**：月光。／**金波**：月光。／**銀漢**：銀河。／**瀲灩**：水光閃動。

三行一**書帷**：書房。／**軒砌**：屋前臺階。

四行一**素光**：潔白的月光。／**翠娥**：美人之眉，代指美人。／**杳**：不見蹤影，毫無消息。／**音塵**：指信息。

五行一**凝睇**：凝望，注視。／**厭厭**：懨懨；懶倦，精神不振的樣子。／**曉**：天亮。／**雕闌**：雕花彩飾的華麗欄杆。

＊賞讀譯文請見二〇六頁

真希：

我還是要再囉嗦幾句。這種完全沒休息的忙碌生活維持不了太久，弘宇的平衡點讓他自己去找，而妳也應該要找出自己的平衡點。難道妳打算這輩子都要過這樣的生活嗎？希望妳能再多想想。

這次，我選讀柳永的〈佳人醉〉，詞中描寫在雨停後星月閃耀的夜裡，男子睡到半夜被寒氣冷醒，便披衣走到屋外，看著華美月光，思念音訊全無的情人，終至一夜無眠。這首詞雖是從離鄉男子的角度著手，但流洩出來的情懷卻跟閨婦怨詞極為相似。

人們總以為，男子隻身在外，總會喜新厭舊，輕易讓其他女子擄走他的心。但實際上，也有男子像這首詞裡所描寫的，始終心繫故鄉的情人。要喜歡上一個人，或是忘記一個人，都沒有想像中來得容易。有時，也可能是待在故鄉的女子有了新邂逅，因不堪遙遙無期的等待而嫁作人婦。愛情的變化實在難以捉摸，也沒有定論；唯有雙方真心地坦誠面對彼此，才能得出最好的答案。

中秋節就快到了，妳會回來嗎？希望妳能回來走走，趁機喘口氣。

明晴・九月

31 八聲甘州

對瀟瀟暮雨灑江天

柳永

對瀟瀟暮雨灑江天，一番洗清秋。
漸霜風淒緊，關河冷落，殘照當樓。
是處紅衰翠減，冉冉物華休。
惟有長江水，無語東流。

不忍登高臨遠，望故鄉渺邈，歸思難收。
嘆年來蹤跡，何事苦淹留。
想佳人妝樓顒望，誤幾回天際識歸舟。
爭知我倚闌干處，正恁凝愁。

注釋

一行—**瀟瀟**：下雨聲。／**清秋**：深秋。

二行—**霜風**：秋風。／**淒緊**：淒涼緊迫。／**關河**：關塞與河流。／**殘照**：落日餘光。

三行—**是處**：到處。／**紅衰翠減**：花落葉凋。／**冉冉**：慢慢地，漸漸地。／**物華**：美好的景物。／**休**：指衰殘。

五行—**渺邈**：遙遠。／**歸思**：想回家的心思。

六行—**何事**：為何。／**淹留**：長期停留。

七行—**妝樓**：婦人的閨房。／**顒望**：盼望。／**誤幾回天際識歸舟**：多少次把遠處駛來的船隻誤認成我的歸舟。

八行—**爭**：怎。／**闌干**：即欄杆。／**恁**：如此。

＊賞讀譯文請見二〇七頁

明晴：

我聽到若婷的真心話了。

前幾天，i冰打烊後，我一踏進洗手間，就聽到若婷向弘宇告白：「雖然這麼做很對不起真希，我還是想說：『我喜歡上你了。』每次看到你們倆一起離開，我就嫉妒得不得了，已經沒辦法再忍耐了。我希望你能考慮和我交往的事。如果我的感覺沒錯的話，你應該也有一點喜歡我吧？……我會等你一個星期，如果你沒有答覆我，就表示你選擇真希，那麼我會立刻辭職離開這裡。不好意思，在那種情況下，我沒辦法繼續跟你共事。」她說完後就馬上離開了。我猜，她是想讓我知道這件事，又不好意思當面對我說，才會選在那個時間點告白吧。

我從洗手間出來後，看到弘宇的表情，就知道若婷的感覺沒有錯。我問他：「你動搖了，對吧？」但他沒有回應，而我也慌得逃走了。回家後，我傳了簡訊給他，希望他能想清楚自己的心意，不要在意是否愧對我的感情。直到今天，我都還不敢踏進i冰，也沒有收到他的任何消息。

我現在的心情，跟這首柳永的〈八聲甘州〉一樣哀愁。「是處紅衰翠減，苒苒物華休。」我的戀情又要再次以失敗收場了嗎？弘宇會像佳人那樣，「妝樓顒望，誤幾回天際識歸舟」，期待著我的出現嗎？還是他想見到的人是若婷呢？這種等待宣判的感覺，真是令人難受。（所以，中秋節那天，我會待在臺北。我不想在這種時刻被問東問西……）

真希・十月

32 玉蝴蝶

望處雨收雲斷

柳永

望處雨收雲斷，憑闌悄悄，目送秋光。
晚景蕭疏，堪動宋玉悲涼。
水風輕，蘋花漸老，月露冷，梧葉飄黃。
遣情傷，故人何在。煙水茫茫。

難忘。文期酒會，幾孤風月，屢變星霜。
海闊山遙，未知何處是瀟湘。
念雙燕難憑音信，指暮天空識歸航。
黯相望，斷鴻聲裏，立盡斜陽。

注釋

一行**雨收雲斷**：雨停雲散。／**憑闌**：倚靠欄杆。／**悄悄**：寂靜無聲，一說憂愁。

二行**蕭疏**：清疏稀落。／**堪動**：能夠引發。／**宋玉悲涼**：戰國時代楚國辭賦作家宋玉，在〈九辯〉裡寫了「悲哉！秋之為氣也。蕭瑟兮，草木搖落而變衰。憭慄兮，若在遠行。登山臨水兮，送將歸。」有遲暮悲愁、羈旅失志之意。

三行**蘋花**：一種在夏秋開小白花的水生植物。

四行**遣**：使得。／**故人**：老友。／**煙水**：煙霧瀰漫的水面。

五行**文期酒會**：與友相聚，暢談詩文，飲酒唱和。／**幾孤**：多少次辜負。／**風月**：清風明月，指閒適的景色。／**星霜**：因星星的位置每年循環一次，秋霜每年遇寒而降，一星霜即指一年。

六行**瀟湘**：原指湖南的瀟湘流域一帶，後泛指所思之處。

七行**憑**：憑藉、託付。／**暮天**：傍晚的天空。／**空**：徒然地。

八行**斷鴻**：離群的孤雁。／**立盡斜陽**：站到太陽下山為止。

＊賞讀譯文請見二〇八頁

真希：

我覺得妳好像從一開始就舉雙手投降，認定弘宇會選擇若婷。如果妳真的想跟弘宇在一起，是不是應該跟他當面談一談，讓他清楚知道妳的心意呢？妳似乎一直在將弘宇推開，沒有要挽留他的意思。難道妳要跟上次一樣，讓戀情結束得不明不白，然後又遲遲走不出陰影嗎？不管結局將會如何，把一切都看清楚、講明白，才能告別過去，昂首走下去，不是嗎？

就算現在妳已經收到弘宇的答覆，我還是希望妳能跟他好好聊一聊。情侶之間若想要攜手走長久，坦誠相對是很重要的事。

不好意思，或許妳會覺得我一直在跟妳唱反調，說妳的不是，但我的用意只是想提醒妳而已。無論妳最後做什麼決定，只要是妳經過深思熟慮後得出的答案，我都會支持妳的。

這次，我選讀柳永的〈玉蝴蝶〉。詞人在深秋的雨後黃昏，看著蕭條的景色遙想故友，懷念往昔的歡聚時光，感嘆這些年來的蹉跎；期待重逢卻音訊全無，只能獨自站在夕陽下望向遠方。這首詞的情境與〈八聲甘州〉（七四頁）極為相似，如下雨的秋天、黯淡蕭瑟的風景、夕陽、江上歸舟、愁望遠方等，但用字遣詞及描寫角度略有不同，賞讀起來各有逸趣，我想這就是詞人的功力所在吧！

明晴・十月

33 御街行

紛紛墜葉飄香砌

范仲淹

紛紛墜葉飄香砌，夜寂靜，寒聲碎。
真珠簾捲玉樓空，天淡銀河垂地。
年年今夜，月華如練，長是人千里。

愁腸已斷無由醉，酒未到，先成淚。
殘燈明滅枕頭攲，諳盡孤眠滋味。
都來此事，眉間心上，無計相迴避。

范仲淹（989～1052）

字希文。幼年喪父，曾因母親改嫁而更名朱說。登進士第後，改回本名。曾任廣德軍司理參軍、西溪鹽官、興化縣令、秘閣校理、陳州通判、蘇州知州、龍圖閣直學士、參知政事等職，屢因秉公直言而遭貶斥。病逝於調任途中。

注釋

一行——**香砌**：有落花的臺階。／**寒聲**：寒風吹樹葉的聲音。／**碎**：細碎，時斷時續。

二行——**真珠**：珍珠。／**玉樓**：樓閣的美稱。／**天淡**：天空清澈無雲。

三行——**練**：柔軟潔白的絲絹。

四行——**愁腸**：憂思鬱結的心腸。／**無由**：無法。

五行——**明滅**：忽明忽暗。／**攲**：傾斜，斜靠。（音同「棲」。）／**諳盡**：嚐盡。

六行——**都來**：算來。／**無計**：沒有辦法。

＊賞讀譯文請見二〇九頁

明晴：

謝謝妳，我知道妳是在關心我。

我已經跟弘宇談過了。不過，是他主動來找我的，就在若婷給他的期限最後一天。

他說：「我的確喜歡上若婷了，但是我並不想放開妳。若婷應該是察覺到我有意圖腳踏兩條船的傾向，才選擇以那樣的方式告白。」

我說：「跟我在一起，你還會喜歡上別人，或許表示我們的感情裡欠缺了什麼，有某個地方是不足的；也或許是，若婷和你之間的吸引力更強。也許，人偶爾會陷入同時喜歡兩個人的情況，但我無法接受自己處在這樣的感情狀態中。如果你無法徹底放下若婷，我們就分手吧。」

他說：「我也打算三個人先分開，各自冷靜一段時間再說。」

我說：「你的意思是兩個都要放棄？還是要過一陣子再決定要選誰？如果是後者，這種拉長戰線的作法很自私，請你勇敢做決定。」

……所以，我和弘宇分手了。至於他會不會跟若婷在一起，我沒有多問。

這次，我選讀范仲淹的〈御街行〉。在秋夜裡，就著星空和月光想念千里之外的某人；借酒燒愁卻始終醉不了，淚水總是比酒先流下；雖然我早已嚐盡孤枕難眠的滋味了，卻始終無法放下這件心事。

入秋了，天氣越來越涼冷。一連賞讀了好幾首有關秋天的詞，不僅合時節，也恰巧呼應了我的心情。

真希・十一月

34 晚泊岳陽

歐陽脩

臥聞岳陽城裏鐘，繫舟岳陽城下樹。
正見空江明月來，雲水蒼茫失江路。
夜深江月弄清輝，水上人歌月下歸。
一闋聲長聽不盡，輕舟短楫去如飛。

歐陽脩（1007～1072）

字永叔，號醉翁、六一居士。曾任滁州、揚州、潁州等地太守，以及翰林學士、參知政事、兵部尚書、太子少師等職。唐宋八大家之一。

注釋

題—**岳陽**：湖南洞庭湖邊的岳陽城。

二行—**空江**：浩瀚寂靜的江面。／**蒼茫**：曠遠迷茫的樣子。／**失江路**：看不清江上行船的去路。

三行—**弄**：把玩、戲耍，在此指散發。／**清輝**：皎潔的月光。

四行—**闋**：曲調。／**盡**：完畢。／**短楫**：小船槳。

*賞讀譯文請見二〇九頁

真希：

其實妳早就做好心理準備了，所以才能這麼冷靜的接受這件事，是嗎？之前，妳說過，不再妄自揣測弘宇和若婷是否會擦出火花，但是妳早已經設想好各種情況的應對方式了吧？若是情況A，要怎麼回應；若是情況B，又該怎麼做……是這樣嗎？

是妳的直覺很準，早就感覺到故事會有這樣的結局；抑或是如吸引力法則所說，是妳的意志讓事情往這個方向發展？如果再重來一次，有沒有可能在哪個時間點改變結局呢？或者，妳原本就是個傾向放棄愛情的人，才會一再任由愛情離開而不挽留呢？

這次，我選讀歐陽修的〈晚泊岳陽〉，為詩人被貶到地方當縣令的赴任途中所寫的詩。詩人或許因失意而淺眠，輕易就被鐘聲吵醒，他看到月光照在江面上，前路迷茫，而其他船舟則哼唱著歌曲，輕快地返家去了。詩中雖流露出淡淡的哀愁，卻沒有濃得化不開的愁緒，讀來反而有種清爽感。

明晴．十月

35 虞美人

秋風不似春風好　晏幾道

秋風不似春風好，一夜金英老。
更誰來憑曲闌干，惟有雁邊斜月照關山。
雙星舊約年年在，笑盡人情改。
有期無定是無期，說與小雲新恨也低眉。

晏幾道（約1031～1106）字叔原，號小山，為晏殊之子。曾任潁昌府許田鎮監、開封府推官等職。晚年家道中落。為婉約派代表。

一注釋一

一行—**金英**：黃花，即指菊花。

二行—**憑**：倚靠。／**曲**：彎曲。／**闌干**：欄杆。／**雁邊**：北方邊境。／**關山**：關隘山嶺。

三行—**雙星**：指牛郎星和織女星。／**舊約**：指每年在七夕相會一事。

四行—**期**：約定。／**低眉**：低下眉頭。

＊賞讀譯文請見二一〇頁

明晴：

被妳說中了，我早就先設想好應對方式，做足心理準備，因為我不想再讓惶惶不安的心情影響到我和弘宇的感情，我希望我們能開開心心地交往。關於弘宇和若婷的情感變化，我多少也有點感覺，但我決定等事實擺在眼前，不得不面對時，再把這件事當真。

我想，那個可能改變結局的時間點，也許就在弘宇辭職之時吧。只要我跟著辭職，和他一起經營i冰，就沒有空缺可讓若婷加入了。但直到現在，我仍不後悔當初的決定。或許有些人只要能跟所愛的人在一起，過什麼樣的生活都無所謂，但我卻是個重視自我完整性的人，總覺得要是為了得到愛情而撕裂自我，最後也不會幸福的。但現在看來，似乎不撕裂自我，也無法得到愛情呢。

那天，弘宇對我說：「對不起，是我先追妳的，結果我還喜歡上別人。要是當初我沒有追妳，就不會讓妳遭遇這種事情了。」但回想起來，我很感謝他的付出，更感謝他的出現，把我從對亞翔的思念漩渦中拉出來；也謝謝他雖然變心了，但仍留有對我的情意，沒有狠狠地一腳把我踢開。

雖然我又要再度回到一個人的生活，但會比之前快樂一些吧。

這次，我選讀晏幾道的〈虞美人〉，「雙星舊約年年在，笑盡人情改」、「有期無定是無期」這幾句，寫得真是一針見血。

真希・十一月

36 遊月殿

月陂堤上四徘徊，北有中天百尺臺。
萬物已隨秋氣改，一樽聊為晚涼開。
水心雲影閒相照，林下泉聲靜自來。
世事無端何足計，但逢佳節約重陪。

程顥

程顥（1032～1085）

字伯淳，學者稱明道先生。中進士後，曾任澤州晉城令、太子中允、監察御史、監汝州酒稅、鎮寧軍節度判官、宗寧寺丞等職。因反對王安石新政，不受重用，轉而潛心學術。與其弟程頤一起向周敦頤學習，世稱「二程」，為北宋理學的奠基者，後來由朱熹繼承和發展，世稱程朱學派。

一注釋一

一行—**月陂**：水泊名。／**中天**：半天高。

二行—**秋氣**：秋天的節氣。／**一樽**：一杯酒。／**聊為**：姑且為。

三行—**水心**：水中央。

四行—**無端**：沒有由來。／**何足**：哪裡值得。／**計**：計較。／**但**：僅，只。／**重陪**：再度陪伴。

*賞讀譯文請見二一〇頁

真希：

這首程顥的〈遊月殿〉所持的處世態度，恰與晏幾道的〈虞美人〉（八二頁）相反。同樣是秋景，程顥卻認為「水心雲影閒相照，林下泉聲靜自來」，反而散發悠閒逸趣。至於世事，他則寫「世事無端何足計，但逢佳節約重陪」，不管世事變化多麼難以捉摸，仍信誓旦旦地許諾再會之期。

只要換個角度看事情，就會有不同的發現和感受。我很高興看到妳對弘宇沒有懷抱太多恨意。每件事的發生，都不會是全然的好事或壞事，只要用感謝的心情去看，就能看到好的那一面。

不過，我並不認同「不撕裂自我，就無法得到愛情」的觀點。伴侶相處在一起，的確需要一些妥協，但這種妥協是源自尊重對方，而非委屈自己。就算決定要委曲求全，也得要心甘情願，而非懷著不滿。如果妳有怎麼樣也不想放棄的事物，就不要放棄。就算一時之間看不出自己執著的理由，只要等到時機成熟的那一天，就會看清楚的。

上一代的女人，大多以家庭為重，幾乎沒有自我，幸福與否完全看她嫁給什麼樣的丈夫。而我們這一代，已擁有自力更生的能力，就應該突破這樣的限制，選擇能共創幸福的另一半，不適合就不要勉強在一起。

明晴・十一月

37 六月二十日夜渡海

參橫斗轉欲三更，苦雨終風也解晴。
雲散月明誰點綴，天容海色本澄清。
空餘魯叟乘桴意，粗識軒轅奏樂聲。
九死南荒吾不恨，茲遊奇絕冠平生。

蘇軾

蘇軾（1036～1101）字子瞻、和仲，號東坡居士。蘇洵長子。中進士後，曾任中書舍人、翰林學士、禮部尚書等職；夾在新舊兩黨間，曾多次被貶至地方。詩、詞、賦、散文、書法和繪畫皆擅長。為唐宋八大家之一。

—注釋—

一行—**參橫斗轉**：參星橫斜，北斗星轉向，指時值夜深。／**三更**：即半夜，子時，為晚上十一點到隔天凌晨一點。／**苦雨**：連綿不停的雨。／**終風**：大風、暴風。／**解**：會、能夠。

二行—**天容**：天空的景象；天色。／**海色**：海面呈現的景色。

三行—**魯叟**：指孔子。／**乘桴**：乘小木筏。／在《論語・公冶長》中，孔子曾說：「道不行，乘桴浮於海。」指乘著小木筏，泛行到遠方隱居。／**粗識**：略知。／**軒轅**：黃帝。／**奏樂聲**：濤聲，也暗指老莊玄理。／在《莊子・天運》中，黃帝藉著在湖邊演奏樂曲一事，說明如何與道合而為一。

三行—**九死**：指冒著生命危險。／**南荒**：偏遠荒涼的南方。／**茲遊**：指貶謫海南的經歷。／**奇絕**：非常奇妙。

＊賞讀譯文請見二一一頁

明晴：

我明白妳的意思，不過我最近突然發覺，跟弘宇在一起的自己，保護自我的意識似乎太高了。回想起來，面對弘宇時，我始終太過理性，沒有那種奮不顧身的衝動；遇到每件事，都會思考自己的某些部分會不會因此被破壞了。

我想，女人總是容易因為感覺到被愛、被疼惜，而接受對方的感情，進而愛上對方。但這種愛情，跟情不自禁被某人所吸引的愛情，是有差距的吧。雖然我很認真地面對這份愛，也努力付出了，卻始終不會被它沖昏頭。這應該就是我和弘宇的感情所欠缺的地方吧。真正的愛情，應該會讓人不由自主地直視愛的本身，雙方不知不覺地互相影響，然後漸漸地有所改變。

如果沒有若婷的介入，我是不是永遠都不會發現這一點？或是，就算沒有她，也會有其他事件趁隙而入，讓我看見這一點？如果我是在分手前發現這件事，我會因此而選擇分手嗎？我不知道。我只知道，失去這樣的一份愛，還是讓人感到難受的。

這次，我選讀蘇軾的〈六月二十日夜渡海〉，詩中有種歷盡千辛萬苦，仍不喪失澄明本性的情懷，甚至將被貶到南方的經歷視為人生難得的體驗。雖然我已接受分手的事實，也對弘宇心懷感謝，但要像詩人這樣豁達看待過往遭遇，還需要一段時日。

真希・十一月

38 有美堂暴雨

蘇軾

遊人腳底一聲雷，滿座頑雲撥不開。
天外黑風吹海立，浙東飛雨過江來。
十分瀲灩金樽凸，千杖敲鏗羯鼓催。
喚起謫仙泉酒面，倒傾鮫室瀉瓊瑰。

注釋

題──有美堂：位在杭州西湖附近的吳山。

一行──**頑雲**：濃雲。

二行──**天外**：天邊之外，謂極遠的地方。／**黑風**：暴風；狂風。

三行──**瀲灩**：水滿溢的樣子。／**金樽**：酒尊（酒器）的美稱。／**敲鏗**：敲擊。／**羯鼓**：羯族的一種鼓。

四行──**謫仙**：被貶謫至凡間的仙人，指李白。／**泉酒面**：《舊唐書》中記載，唐玄宗召李白作樂府新詞，但李白已醉，便以水灑面喚醒他。／**鮫室**：神話中鮫人（人魚）的居所。傳說鮫人的眼淚會變成珠子。／**瓊瑰**：玉石。

*賞讀譯文請見二一一頁

真希：

我認為，每份愛情，甚至每份友誼，都是無可取代、獨一無二的關係，而且感情的深淺是無法相互比較的。妳和弘宇這樣的互動模式，不見得就代表妳不夠愛他。有沒有可能是因為妳希望跟他一起長久走下去，才會在每個過程裡計較合理性？會不會是因為太過在乎未來是否美好而出現這樣的反應？妳認真思考過和他共度一生的事吧？

如果一路走來，都沒有讓妳感到後悔的決定，就不要把感情的失敗歸咎在自己身上，也無須責怪他。這樣的結果，只是代表你們攜手共度的旅程到達終點了，如此而已。

這次，我選讀蘇軾的〈有美堂暴雨〉，從一聲雷開始，只見烏雲滿天，狂風吹了過來，飛雨也倏忽落下，湖水一下子就滿溢而出，大雨滴落的聲音就像千百根鼓棒同時敲擊著鼓面……

心情不好時，聽聽傾盆大雨落下的聲音，總會給人一種痛快感。臺北進入雨季了嗎？雖然連日陰雨難免讓人感到煩躁，但靜下來傾聽雨聲，說不定可以為妳洗去一些悲傷。

明晴・十一月

39 南鄉子

晚景落瓊杯

蘇軾

晚景落瓊杯，照眼雲山翠作堆。
認得岷峨春雪浪，初來，萬頃蒲萄漲淥醅。
春雨暗陽臺，亂灑歌樓溼粉腮。
一陣東風來捲地，吹迴，落照江天一半開。

注釋

一行——**晚景**：夕陽景色。／**瓊杯**：玉杯。／**照眼**：耀眼。／**雲山翠作堆**：雲朵堆積如青山。

二行——**岷峨**：峨嵋山，位在四川，蘇軾的故鄉。／**春雪浪**：春天雪融後的水波。／**萬頃**：百萬畝，以誇飾手法形容面積廣闊。／**蒲萄**：即葡萄。／**淥**：清澈的。／**醅**：未過濾的酒。／化用李白的〈襄陽歌〉：「遙看漢水鴨頭綠，恰似葡萄初醱醅。」

三行——**陽臺**：山名，位在四川。／**粉腮**：指歌女塗了脂粉的臉頰。

四行——**落照**：落日之光。

＊賞讀譯文請見二一二頁

明晴：

我的心情還算平靜，除了胸口仍會覺得悶之外，其他都很好。畢竟我之前有過六、七年的單身生活，已經很習慣了。

我最近常想，都已經三十多歲了，還會有戀愛的機會嗎？將來有結婚生子的可能嗎？我是不是該為一個人的老後做準備呢？除了存錢，是不是要學點什麼技能，讓自己在退休後能開個小店賺些微薄的收入？有沒有什麼工作是可以一直做到老，沒有退休年齡的限制？要如何將自己的漫長單身人生過得快樂精彩呢？這麼一想，反倒開始忙碌起來了。

這次，我選讀蘇軾的〈南鄉子〉，詞人看著夕照下的酒杯，聯想到來自故鄉（四川）山上的融雪、那猶如新釀葡萄酒的碧綠江水；這時，突然下起一陣春雨，遠山變得模糊不清，也打溼了人們的臉，隨即又一陣春風吹走雲霧，讓夕陽照亮了半片江天。在欣賞瞬息萬變的春日夕陽風景之時，也興起思鄉情懷。

我一直很想住在看得到日落的地方，看著傍晚時分的天光雲影變化，總是讓我有置身天堂的感覺。該不該買間這樣的小屋，來做為自己的養老住所呢？也許該認真考慮看看了。

真希・十二月

40 南歌子

雨暗初疑夜

蘇軾

雨暗初疑夜，風回便報晴。
淡雲斜照著山明，細草軟沙溪路馬蹄輕。
卯酒醒還困，仙村夢不成。
藍橋何處覓雲英，只有多情流水伴人行。

注釋

二行—**斜照**：斜陽。／**著**：添加。
三行—**卯**：卯時，約清晨五點至七點。／**困**：疲倦、疲乏。
四行—**藍橋何處覓雲英**：在唐代裴鉶所寫的《傳奇・裴航》中，記載秀才裴航在藍橋邂逅了一位名叫雲英的女子，兩人在歷經考驗後，結為連理並成仙。

*賞讀譯文請見二一二頁

真希：

我認為，不管有沒有結婚，老後生活都是需要好好規劃的。我們夫妻現在還被養兒育女的生活追著跑，沒空想那些，不過，我認為退休後還是要找點事做，如果可以開創事業第二春更好，要不然整天在閒晃中度過，實在太無聊了。我目前想到的，就是在家裡的田地種些蔬果，自給自足，若有多餘的，再拿到菜市場賣。

若能趁年輕時先買下房子，老後就不必負擔房租，會讓人比較安心。不過，臺北的房價很高，若真的要買，負擔會不會很重呢？或是妳想買其他地區的房子？有沒有回歸鄉間的想法呢？

這次，我選讀蘇軾的〈南歌子〉，在雨後放晴的早晨，陽光逐漸照亮山頭，詞人騎著馬沿溪岸前行，卻因宿醉未退而睏倦，感嘆昨夜夢不到仙境，這一路上也不會有奇幻邂逅，只有流水相伴前行。上片看似愜意美好，下片卻流露出淡淡愁緒，看起來有些衝突，而這或許正顯露了詞人當時的矛盾心境：始終不受重用，一心想要豁達看待，卻仍不免在意。

明晴・十二月

41 念奴嬌

斷虹霽雨

黃庭堅

斷虹霽雨，淨秋空，山染修眉新綠。
桂影扶疏，誰便道今夕清輝不足。
萬里青天，姮娥何處，駕此一輪玉。
寒光零亂，為誰偏照醽醁。

年少從我追遊，晚涼幽徑，繞張園森木。
共倒金荷，家萬里，難得尊前相屬。
老子平生，江南江北，最愛臨風笛。
孫郎微笑，坐來聲噴霜竹。

黃庭堅（1045～1105）字魯直，號山谷道人，晚號涪翁。蘇門四學士之一。江西詩派祖師，亦為宋朝書法四家之一。生前與蘇軾齊名，世稱蘇黃。曾任北京國子監教授、校書郎、著作佐郎、秘書丞、涪州別駕、黔州安置等職，晚年兩次受到貶謫。

題序：八月十七日，同諸生步自永安城樓，過張寬夫園待月。偶有名酒，因以金荷酌眾客。客有孫彥立，善吹笛。援筆作樂府長短句，文不加點。

注釋

一行—**斷虹**：一部分被雲遮蔽的彩虹。／**霽雨**：雨停。／**修眉**：長眉。

二行—**桂影**：相傳月中有桂樹，稱月中陰影為桂影。／**扶疏**：枝葉繁茂。／**清輝**：皎潔的月光。

三行—**姮娥**：嫦娥。／**一輪玉**：指圓月。

四行—**寒光**：月光。／**醽醁**：取湖南地區酃湖之水所釀成的美酒。

五行—**年少**：年輕人。

六行—**金荷**：金製的荷葉杯，泛指精美酒器。／**尊**：樽，酒器。／**屬**：勸酒。

七行—**老子**：老夫。

八行—**坐來**：馬上。／**霜竹**：指笛子。

＊賞讀譯文請見二一三頁

明晴：

關於老後的生活，我還沒有明確的想法。我打算以存錢為先，同時慢慢思考，大概等四十歲之後再來仔細規劃。雖然我沒有換工作的想法，也覺得若再繼續做這個工作十年以上，仍是令我開心的事，但世事變化難料，現在就決定老後要在哪裡落腳，似乎有些太早了。

前幾天，公司來了一位新同事，正好是我的大學同學杏娟。當時，我們不是同一個朋友圈的，幾乎沒有說過話。不過，她來上班的第一天，我們倆基於同窗情誼，一起去吃午餐，意外發現我們還滿談得來的，緣分真是有趣。

這幾年來，我始終沒有參加大學同學會，總害怕到了現場會觸景傷情。不過，我在和杏娟聊過後（只是聊各自的生活，沒有特別回憶大學時代），突然好懷念大學同學們，不再覺得參加同學會是件恐怖的事。

這次，我選讀黃庭堅的〈念奴嬌〉。歷經滄桑的詞人，寫下和晚輩一起賞月、飲酒、聽笛曲的情景，有種笑看人生、豁達不羈，盡情享受當下的態度，讓人讀來心情也跟著變好了。下次，要是我參加了大學同學會，希望也能留下這樣美好的回憶。

真希・十二月

42 滿庭芳

紅蓼花繁

秦觀

紅蓼花繁，黃蘆葉亂，夜深玉露初零。霽天空闊，雲淡楚江清。獨棹孤篷小艇，悠悠過煙渚沙汀。金鉤細，絲綸慢捲，牽動一潭星。

時時，橫短笛，清風皓月，相與忘形。任人笑生涯，泛梗飄萍。飲罷不妨醉臥，塵勞事有耳誰聽。江風靜，日高未起，枕上酒微醒。

秦觀（1049～1100）

字太虛、少遊。蘇門四學士之一。曾兩次落第，登進士第後，歷任秘書省正字、國史院編修官等職。新黨執政後，被貶至杭州、處州、郴州等地，最後卒於藤州。為婉約詞派代表。

—注釋—

一行—**紅蓼**：水陸兩棲草本植物，為粉紅或玫瑰紅色穗狀花序，六至九月開花。／**黃蘆**：黃蘆葦。／**玉露**：晶瑩如玉的露水。／**零**：滴落。

二行—**霽天**：雨後的天空。／**楚江**：楚地的江水。楚地為春秋戰國時期楚國所在的長江中下游一帶。

三行—**棹**：船槳，此指划船。／**悠悠**：閒適的樣子。／**煙渚**：瀰漫霧氣的小洲。／**沙汀**：沙洲。

四行—**絲綸**：釣線。

五行—**相與**：相偕、相互。／**忘形**：超然物外，忘了自己的形體。

六行—**泛梗**：隨水漂流的斷梗。／**飄萍**：飄泊的浮萍。

七行—**塵勞事**：讓人煩惱的世俗事務。

八行—**靜**：停止不動。

＊賞讀譯文請見二一四頁

真希：

前些日子，文杰得了急性闌尾炎，必須住院開刀，我無暇分身，便請公婆過來住，幫忙接送大女兒及照顧小兒子，我則在醫院照顧文杰。不過，為了避免孩子們太過焦慮不安，我晚上會回家看看孩子，再到醫院陪文杰。我們夫妻倆好久沒有獨處這麼長的時間了，感覺有些新鮮，就像重回戀愛時代，聊了好多話；孩子們也有機會跟爺爺奶奶多相處，好好培養感情，以結果來看，各方面都有不錯的收穫。這幾天，文杰已經出院，待在家裡休養，下週就會重返工作崗位了。

老實說，文杰的急性闌尾炎發作時，真是嚇死我了。在那一瞬間，什麼莫名其妙的想法都會冒出來，讓人不停地胡思亂想。那時，家裡沒有其他人，我只能先帶著孩子一起到醫院，再請公婆來接他們回家。幸好，文杰最後平安無事。

這次，我選讀秦觀的〈滿庭芳〉，上片描寫在楚江夜釣的景象，「牽動一潭星」的畫面感覺真美；下片描寫獨自在江上吹笛、賞月，不管他人閒話，盡情飲酒作樂，隔天直到日上三竿才醒來的隨意自在。許多資料上都寫，這首詞看似愜意自得，實則蘊含寂寞和忿恨不平。我倒是認為，能夠直視「任人笑生涯，泛梗飄萍」的事實，又能享受當下的生活，才是真正的豁達。

新的一年又要到來了，預祝妳新年快樂！元旦假期若有回鄉，記得來找我喔。

明晴・十二月

㊸ 蝶戀花

曉日窺軒雙燕語

秦觀

曉日窺軒雙燕語，
似與佳人，共惜春將暮。
屈指豔陽都幾許，可無時霎閑風雨。

流水落花無問處，
只有飛雲，冉冉來還去。
持酒勸雲雲且住，憑君礙斷春歸路。

【注釋】

一行【曉日：清晨。／窺軒：偷看窗外。
二行【暮：將結束的。
三行【幾許：多少。／可無：豈無，怎會沒有。／時霎：一霎。／閑：空暇、不忙迫。通「閒」。
五行【冉冉：緩慢地。／還：又。
六行【且：暫時。／憑：依靠。／礙斷：阻擋。

＊賞讀譯文請見二一五頁

明晴：

新年快樂！也祝文杰早日康復！

今年的元旦假期，我留在臺北，跟杏娟一起到山上的 Signac Café 跨年。那天，我還遇到之前跟妳提過的記者康佳泰。

沒想到他記得我，還問：「妳好像很久沒出現在 i 冰了，黑板上的吉祥物漫畫也擦掉了，難道你們……？」我坦承回答：「分手了。」他又說：「另一個女生也消失一陣子，最近才回到店裡，他們倆看起來感情滿好的，是不是他們……」讓我一時不知該如何反應，不明白他為什麼要跟我說這件事。他見我愣住了，便解釋：「不好意思，記者的好奇心很重，一不小心職業病就發作了，希望沒有造成妳的困擾。」我原本也沒有責怪他的意思，便對他笑了笑。不過，透過這樣的方式得知弘宇和若婷的後續發展，還真是有趣。

這次，我選讀秦觀的〈蝶戀花〉，上片描寫春日的豔陽經常被風雨打斷，實在珍貴；下片則突發奇想地希望飛雲能擋住春的去路。但是，無論日子過得是好是壞，時光都不會為誰而停留的。回首去年，若婷的存在牽動著我的喜怒哀樂，從害怕她會成為第三者，到最後變成事實，我和弘宇分手……不過，我滿感謝若婷當時選擇正面對決的態度，讓我得以早日脫離那種不安的狀態。雖然現在的我偶爾還是會想起弘宇，但已經能夠誠心祝他幸福了。（其實，剛分手時，我的黑暗面一直在偷偷唱衰他們倆……）

真希・一月

44 洞仙歌·泗州中秋作

晁補之

青煙冪處，碧海飛金鏡。
永夜閒階臥桂影。
露涼時，零亂多少寒螿，
神京遠，惟有藍橋路近。

水晶簾不下，雲母屏開，冷浸佳人淡脂粉。
待都將許多明月，付與金尊，投曉共流霞傾盡。
更攜取胡牀上南樓，看玉做人間素秋千頃。

晁補之（1053～1110）
字無咎，號歸來子。蘇門四學士之一，工書畫。出身文學世家，晁沖之為其堂弟。登進士第後，曾任校書郎、著作佐郎、吏部員外郎、禮部郎中等職，知濟州、河中府等地。

一注釋一

題**一泗州**：今安徽省泗縣。
一行**一冪**：煙霧瀰漫。／**碧海**：為夜空的比喻。／**金鏡**：指明月。／**永夜**：長夜。
二行**一寒螿**：寒蟬，秋蟬。／**多少**：許多。
三行**一神京**：指北宋京城汴梁。／**藍橋**：指秀才裴航在藍橋邂逅仙女雲英一事。
四行**一雲母**：指花崗岩。／**屏**：屏風。／**佳人**：指席間的女性。
五行**一付與**：拿給、交付。／**投**：接近、靠近。／**曉**：清晨。／**流霞**：指美酒，也指朝霞。
六行**一胡牀**：一種可以折疊的椅子。／**南樓**：化用《世說新語．容止》中，庾亮和下屬在南樓賞月的典故。／**玉做人間**：指月光普照人間。／**素秋**：秋季。秋屬金，金色為白，故稱素秋。

＊賞讀譯文請見二一五頁

真希：

很少聽妳提到跟朋友出去玩的事，這應該算是好消息吧？代表妳已經開始拓展生活圈，沒有把自己封閉起來。但是，那位康記者，該說他白目還是坦率呢？跟妳不熟，還這麼直接的問妳這些私人問題。不過，他應該是出自關心才會這麼問的吧。

這次，我選讀晁補之的〈洞仙歌．泗州中秋作〉。我很喜歡「待都將許多明月，付與金尊，投曉共流霞傾盡」這幾句，欲把美麗月光一飲而下的想法，真是浪漫又有趣。

我還注意到「藍橋」這個詞又出現了，之前在蘇軾的〈南歌子〉（九二頁）也出現過，並以「藍橋何處覓雲英」明確點出典故。在晁補之的這首詞裡，「藍橋」也是化用自同一個典故。秀才裴航在渡河時，同船人送他一首詩：「一飲瓊漿百感生，玄霜搗盡見雲英。藍橋便是神仙窟，何必崎嶇上玉清。」之後，裴航來到藍橋，向一位老婦要水喝時，真的邂逅了名叫雲英的女子。裴航為了娶她為妻，應老婦的要求，散盡財產買下玉杵臼並搗藥百日，就連月宮的玉兔也偷偷來幫忙搗藥，最後終於如願以償。因此，藍橋神仙窟也有代表月宮的意思。

另一個「藍橋」的典故，則是源自《莊子．盜跖》：「尾生與女子期於梁下，女子不來，水至不去，抱梁柱而死。」相傳「梁下」指的便是藍橋下，後來人們就把男女一方失約，另一方殉情稱為「魂斷藍橋」，也就是經典電影《*Waterloo Bridge*》的中文譯名。

明晴．一月

45

少年遊

朝雲漠漠散輕絲

周邦彥

朝雲漠漠散輕絲，樓閣淡春姿。
柳泣花啼，九街泥重，門外燕飛遲。
而今麗日明金屋，春色在桃枝。
不似當時，小橋衝雨，幽恨兩人知。

周邦彥（1056～1121）

字美成，自號清真居士。因獻〈汴都賦〉而被召為太學正，曾任徽猷閣待制、大晟府提舉，中年後任順昌府和處州等地方小官。精通音律，任大晟府提舉期間，不僅審訂古調，也創設許多音律，為格律派詞的奠基者。

一注釋一

一行一**漠漠**：迷濛廣遠的樣子。／**輕絲**：細雨。

二行一**柳泣花啼**：指雨下不停，柳和花好似在哭泣。／**九街**：縱橫交錯的街道。／**泥重**：一片泥濘。／**燕飛遲**：指燕子的羽翼被雨水打濕，飛行緩慢。

三行一**麗日**：明亮的太陽。／**明**：照。／**金屋**：美女居住的華麗屋子。《漢武故事》中記有漢武帝幼時說：「若得阿嬌作婦，當作金屋貯之也。」／**春色在桃枝**：有合好成家之意。

四行一**衝雨**：冒雨。／**幽恨**：深藏於心中的怨恨。

＊賞讀譯文請見二一六頁

明晴：

因為杏娟的伴侶意瑄覺得，我跟杏娟能從同班同學變成同事，實在很有緣，想要認識我。再加上那家 Signac Café 是杏娟的朋友阿福最近新開的店，要舉辦跨年活動，杏娟就約我一起參加。

意瑄是個很可愛的女孩，我們聊得很開心。她們知道我前一陣子剛失戀，所以常約我出去逛街、喝咖啡，不希望我跟上次一樣，把自己封閉起來。（杏娟之前就從其他同學那裡聽說我和亞翔分手後的狀況了。）

我很高興她們這麼關心我。能在三十多歲時，又交到知心好友，真是令人開心。

這次，我選讀周邦彥的〈少年遊〉，上片描寫與情人分手時細雨綿綿，彷彿全世界都在為他們而哭泣；下片描寫兩人已甜蜜同居在陽光灑落的屋子裡，不必再像過去那樣冒雨送別了。這生動鮮明的畫面實在很適合運用在少女動畫的結局上。

對了，妳去探望過婉怡和她的雙胞胎寶寶了嗎？春節時，我想找一天去看他們，妳要一起去嗎？另外，聽我媽說，美卉正在籌備婚事，說不定最近就會發喜帖了。本來我媽一定會順勢催婚的，但她知道弘宇已經移情別戀了，怕我傷心，就什麼都沒說。

真希・一月

46 玉樓春

桃溪不作從容住　周邦彥

桃溪不作從容住，秋藕絕來無續處。
當時相候赤闌橋，今日獨尋黃葉路。
煙中列岫青無數，雁背夕陽紅欲暮。
人如風後入江雲，情似雨餘黏地絮。

注釋

一行——**桃溪**：指與女子同住之處。南朝宋的劉義慶所著的《幽明錄》中，記載劉晨、阮肇入天臺山採藥，因迷路而取桃樹果實充飢、飲溪水解渴，後來遇到兩位仙女，遂留在山裡同居半年，待兩人回鄉時，發現已過了七代。／**從容**：舒緩悠閒。／**秋藕**：指藕斷而絲不連。

二行——**赤闌橋**：紅色欄杆的橋，暗指春景。

三行——**列岫**：山巒並列。／**暮**：傍晚、黃昏。

四行——**入江雲**：落入江中的雲，指一去無蹤。／**雨餘**：雨後。／**黏地絮**：黏在地上的柳絮。

*賞讀譯文請見二一六頁

真希：

我還沒騰出時間去看婉怡，我們就春節時一起去吧。

美卉跟她男友已交往八年，也同居好幾年了，兩人的關係就跟已婚狀態沒兩樣。但她男友覺得結婚儀式的繁文縟節很麻煩，一直不肯行動，就這樣拖著。前一陣子，因為美卉意外懷孕，在雙方家長的要求下，她男友才願意在登記結婚之外，也辦一場婚宴。美卉本來有些擔心她男友不願接受孩子，不過她男友在得知消息後，反應很激動，興高采烈的。我想，她男友並非不想結婚，只是純粹懶得辦婚禮罷了。

這次，我選讀周邦彥的〈玉樓春〉，詞中人不像美卉和她男友那樣擁有美好結局，而是完全斷絕了聯絡，感覺就像我前幾天偶然聽到的，由易家揚作詞、萬芳演場的歌〈斷線〉：「……走過的路是一串深淺分明的腳印／寄出的信是一張收不回的心情／不知去向的是忘了昨天的我／愛過的是斷了線的你……」

前一陣子，我突然想起學生時代幾位很要好的男同學。我們真的是很談得來的朋友，沒有摻雜男女情感。只是在彼此都有另一半之後，生活重心轉移了，再加上難免會顧忌對方另一半的心情，就慢慢變成偶爾問候幾句，很少再深聊，甚至有一、兩位失去了聯絡，實在有些可惜。

明晴・一月

47 霜葉飛

露迷衰草

周邦彥

露迷衰草，疏星掛，涼蟾低下林表。
素蛾青女鬥嬋娟，正倍添淒悄。
漸颯颯丹楓撼曉，橫天雲浪魚鱗小。
似故人相看，又透入清輝半晌，特地留照。

迢遞望極關山，波穿千里，度日如歲難到。
鳳樓今夜聽秋風，奈五更愁抱。
想玉匣哀弦閉了，無心重理相思調。
見皓月牽離恨，屏掩孤顰，淚流多少。

—注釋—

一行—**衰草**：枯草。／**涼蟾**：涼月。／**林表**：林梢。

二行—**素蛾**：嫦娥。／**青女**：霜神。出自《淮南子‧天文訓》：「青女乃出，以降霜雪。」／**嬋娟**：形容月色明媚或指明月。／**淒悄**：淒清寂寥。

三行—**颯颯**：形容風聲。／**丹楓**：紅色楓樹。／**撼**：搖動。／**曉**：天剛亮的時候。／**雲浪**：如浪般的雲。

四行—**故人**：老友。／**清輝**：皎潔的月光。／**半晌**：片刻、一會兒。另有版本為「半餉」；「餉」通「晌」。

五行—**迢遞**：遙遠的樣子。／**望極**：望向視線極限之處。／**關山**：關隘和山峰。／**歲**：年。

六行—**鳳樓**：飾有鳳凰的閣樓。／**奈**：怎奈。／**五更**：舊時把一夜分為五更，即一更、二更、三更、四更、五更。第五更為天將明時。

七行—**玉匣**：玉飾的匣子。亦指精美的匣子。／**哀弦**：悲涼的弦樂聲，此處代指弦琴。／**閉**：關上、合上。／**理**：在此指彈奏。

八行—**皓月**：皎潔的月亮。／**顰**：皺眉。

*賞讀譯文請見二一七頁

明晴：

我實在太佩服美卉和她先生了，竟然把婚宴訂在年初四中午，有種趁過年順便辦一辦的感覺。不過，這也剛好讓我們可以直接和婉怡碰面，不必再另外約時間。婉怡的雙胞胎寶寶真的好可愛，不過兩個孩子一起哭鬧的情形也實在恐怖，我總覺得婉怡為此憔悴不少。不過，她看著孩子們的笑容卻是那麼幸福，真令人羨慕。

回臺北後，上班的第一天，我竟然在公司樓下看見一個熟悉的身影……亞翔回臺灣了。

他一見到我，就嬉皮笑臉地說：「我回來了，這幾年妳都在等我吧？」真是氣死我了，我回答：「才沒有，我有個交往快兩年的男朋友，只是最近分手了。」他說：「妳怎麼這樣？我從來沒說過要跟妳分手啊。」真是個狡猾的男人，讓我氣得說不出話來。但他隨即露出小狗般的哀求眼神，說他會在臺灣待半年到一年，希望我陪在他身邊……而我，不爭氣的答應了。

這次，我選讀周邦彥的〈霜葉飛〉，詞人欣賞著黎明破曉之際的月色及天空變化，想起千里之外的戀人，猜想她也是懷著愁思在夜裡聽風賞月，暗自流淚。亞翔在日本過著什麼樣的生活？也像詞裡寫的那樣思念我嗎？我很好奇，但沒有多問。因為我感覺到他似乎是碰到什麼瓶頸，想要回來休息、喘口氣。

真希・二月

48 夜飛鵲・別情

周邦彥

河橋送人處，涼夜何其。斜月遠墮餘輝。
銅盤燭淚已流盡，霏霏涼露霑衣。
相將散離會，探風前津鼓，樹杪參旗。
花驄會意，縱揚鞭亦自行遲。

迢遞路回清野，人語漸無聞，空帶愁歸。
何意重經前地，遺鈿不見，斜徑都迷。
兔葵燕麥，向殘陽影與人齊。
但徘徊班草，欷歔酹酒，極望天西。

—注釋—

一行—**夜何其**：夜深。何，如何。其，為語助詞。／**墮**：向下墜落。

二行—**霏霏**：雨、雪、煙、雲綿密的樣子。／**霑**：沾溼。

三行—**相將**：將要。／**離會**：離別前的聚會。／**探**：打探。／**津鼓**：渡口報時的鼓聲。／**樹杪**：樹梢。／**參旗**：星名，即獵戶星座。

四行—**花驄**：青白色的駿馬。

五行—**路回**：道路彎曲。／**清野**：清寂的原野。／**空**：徒然地。

六行—**何意**：沒想到。／**重經前地**：另有版本為「重紅滿地」。／**遺鈿**：遺落的首飾。／**迷**：分辨不清。

七行—**兔葵**：植物名，可當作野菜食用。／**殘陽**：夕陽餘暉。

八行—**班草**：把草攤平而坐。／**欷歔**：嘆息。／**酹酒**：以酒澆地。

＊賞讀譯文請見二一八頁

真希：

其實妳一直深愛著亞翔吧？始終沒有抹去他在妳心中的位置。但你們現在算是什麼關係？是朋友？還是有期限的戀人？如果是後者，我會覺得亞翔很自私。或是你們有可能攜手共度未來呢？

我並非反對妳的決定。我想，或許是你們之間有未解的心結必須打開，才會再度重逢吧。畢竟你們當初分手時，的確分得不明不白，這在彼此心中都會是難以忽視的疙瘩。希望妳這次要好好面對，內心有什麼疑問就問清楚，想說什麼就直接說。不是每個人都有翻轉遺憾的機會，妳要好好珍惜。

這次，我選讀周邦彥的〈夜飛鵲・別情〉，詞人細膩描寫了分離前後的情境，深夜在渡口送別後，騎馬沿著來時路慢行返回，一直到日暮時分，仍不捨地在兩人曾停下來休息的草地上，感傷地望著夕陽，再次餞別，讓人深刻感受到那份眷戀不捨之情。妳對亞翔的愛戀心情，也類似如此吧？而你們有沒有可能像先前賞讀的〈少年遊〉（一〇二頁）那樣，有美好結局呢？

真心希望妳能得到幸福！

明晴・二月

49 小重山

月下潮生紅蓼汀

汪藻

月下潮生紅蓼汀。殘霞都斂盡，四山青。柳梢風急墮流螢，隨波處，點點亂寒星。

別語寄丁寧，如今能間隔，幾長亭。夜來秋氣入銀屏，梧桐雨，還恨不同聽。

汪藻（1079～1154）

字彥章，號浮溪、龍溪。中進士後，於北宋朝曾任宣州教授、著作佐郎、宣州通判、屯田員外郎、太常少卿、起居舍人等職；於南宋朝曾任龍圖閣直學士、顯謨閣大學士、左大中大夫，知湖、撫、徽、泉、宣等州。為官清廉，擅長四六文。

注釋

一行—**紅蓼**：水陸兩棲草本植物，為粉紅或玫瑰紅色穗狀花序，六至九月開花。／**汀**：水邊平地或河流中的小沙洲。／**殘霞**：殘餘的晚霞。／**盡**：完畢。

二行—**急**：快、猛、迅速。／**流螢**：飛行的螢火蟲。／**寒星**：寒夜的星；寒光閃閃的星。

三行—**別語**：惜別之語。／**丁寧**：叮嚀。／**長亭**：古時約每十里設一個休憩亭。

四行—**銀屏**：鑲銀的屏風。也是屏風的美稱。／**梧桐雨**：打落在梧桐葉上的雨滴。暗用唐代溫庭筠〈更漏子〉的「梧桐樹，三更雨，不道離情正苦」之意。

*賞讀譯文請見二一九頁

明晴：

老實說，看見亞翔再度出現在我面前時，我的心就在瞬間融化了，突然好想要再重溫往日的美好。重逢那天，亞翔就主動搬進我的住處，感覺就像我們從來沒分手過似的。當然，這些年來，他並非始終對我念念不忘，也曾有過兩段不到一年的短暫戀情。

若真要比較，弘宇在各方面的條件以及對待我的態度，都不輸亞翔，但就是無法徹底占據我的心。而每當我和亞翔在一起時，總會有「只要現在快樂就好」的想法，「我倆有沒有未來」始終不是件重要的事。因為是初戀，所以才會如此不顧一切地為他癡迷嗎？還是因為我心中很明白我們不會攜手走到最後呢？我也不知道。

我想，我和亞翔之間就先這樣，先讓我沉浸在幸福中。未來的事，等過一陣子再說。這次，我一定會好好跟他談清楚，不會再曖昧的結束了。

這次，我選讀汪藻的〈小重山〉，上片描寫傍晚至入夜的景色變化，四處飛舞的流螢與隨風搖曳的柳梢，散發出一股浪漫的孤寂氛圍。下片中，女子在夜裡寫信給遠在外地的愛人，在涼風陣陣間下起了雨，更讓人感到寂寞。我也曾有過如此寂寞的心情，但在亞翔回來後，一切都恍如隔世。為什麼他的存在，始終能填滿我的心呢？

真希・二月

50 行香子

草際鳴蛩

李清照

草際鳴蛩，驚落梧桐，正人間天上愁濃。
雲階月地，關鎖千重。
縱浮槎來，浮槎去，不相逢。

星橋鵲駕，經年纔見，想離情別恨難窮。
牽牛織女，莫是離中。
甚霎兒晴，霎兒雨，霎兒風。

李清照（1084～1156）號易安居士。出身官宦書香世家，與丈夫趙明誠感情甚篤，熱衷於書畫金石的搜集。遭逢黨爭、宋室南遷等變故，詞作主題從悠閒生活轉為感傷悲嘆身世。

注釋

一行—**蛩**：蟋蟀。

二行—**雲階月地**：指天上。出自唐代杜牧的〈七夕〉：「雲階月地一相過，未抵經年別恨多。」／**關鎖**：門鎖，或是可以關閉上鎖的設施。

三行—**浮槎**：指往來於海和天河之間的木筏。出自晉代張華的《博物志》卷十：「舊說云：天河與海通。近世有人居海渚者，年年八月，有浮槎去來，不失期。」

四行—**經年**：經過一年。／**難窮**：難窮盡。

五行—**離中**：離別中。

六行—**甚**：正。／**霎兒**：一會兒。

＊賞讀譯文請見二一九頁

真希：

看到妳的上一封來信，讓我覺得好心疼。這些年來，妳一直在忍耐，拚命壓抑喜歡亞翔的心情，對吧？我很好奇，妳當初到底是抱著什麼樣的心情讓他離開的？我也不懂，為什麼他好不容易回來了，妳仍認為你們必然會再度分手？

要是我女兒將來也遇上這樣的戀情，我該做些什麼才好呢？只要相信她的決定，就可以了嗎？但是，能遇到一個這麼喜歡的人，是多麼不容易的事，若她要為愛走天涯，我也會支持的。

這首李清照的〈行香子〉，會不會跟妳當初的心情很像？不過，牛郎織女至少有每年見面一次的約定，你們卻像是「縱浮槎來，浮槎去，不相逢」，一分手就斷絕往來。

說起來，妳和亞翔之間並沒有多大的外力阻隔，一切只在於你們的意願吧？雖然妳曾說過，不想待在離開父母太遠的地方，但我不認為妳父母會阻止妳移居到日本。或是，亞翔有沒有可能改變想法，決定留在臺灣發展呢？

不好意思，用一堆問號轟炸妳。妳對亞翔的感情出乎意料地強烈，讓我實在想不通你們當初為何要分手。

明晴・二月

51 念奴嬌

蕭條庭院

李清照

蕭條庭院，又斜風細雨，重門須閉。寵柳嬌花寒食近，種種惱人天氣。險韻詩成，扶頭酒醒，別是閒滋味。征鴻過盡，萬千心事難寄。

樓上幾日春寒，簾垂四面，玉闌干慵倚。被冷香消新夢覺，不許愁人不起。清露晨流，新桐初引，多少遊春意。日高煙斂，更看今日晴未。

注釋

一行—**重門**：多層的門。

二行—**寒食**：節令名，通常在冬至後第一〇五日，在清明節前一或二日。傳統上當日禁火，一律吃冷食。

三行—**險韻詩**：以生僻又難押韻的字為韻腳的詩。／**扶頭酒**：易使人醉的烈酒。

四行—**征鴻**：遠行的鴻雁。古人把鴻雁視為信差的代表。相傳漢武帝時，匈奴將使臣蘇武流放北海，並謊稱他已死。漢使接獲密告得知實情，並用計對匈奴說，漢皇帝射下的一隻鴻雁上有蘇武的帛書，讓蘇武得以被釋放。

五行—**闌干**：欄杆。／**慵**：懶。

六行—**被**：被子。／**香**：熏香。／**新**：剛剛。

七行—**初引**：初生。／引用自《世說新語・賞譽》：「時恭嘗行散至京口射堂，於時清露晨流，新桐初引，恭目之曰：『王大故自濯濯！』」／**多少**：或多或少。

八行—**煙斂**：煙霧散去。／**晴未**：天晴了沒？

＊賞讀譯文請見二二〇頁

明晴：

時間過得好快，我們已經通信三年，從這個月開始就邁入第四年了。只不過，我還是沒什麼長進，始終在為情苦惱。為什麼我就是不能自在瀟灑地過單身生活呢？

最近我也跟亞翔聊到當初分手的事，我想這是很多因素交疊在一起的結果吧。因為年輕，以為還有很多機會，所以輕易放手；因為交往太久，感情不再火熱，忽視了對方的重要性，誤以為分開是件簡單的事……

亞翔說，當初他之所以沒有開口問我，一來是希望我能主動說想去日本，二來是不想面對我的拒絕，害怕我們的關係會直接畫下句點。但是，他又不希望我是為了他而選擇去日本，因為他不想要絆住我的人生，也無力為我的人生負全責；同時，他也覺得獨自一人去闖，比較不會有壓力。他還說，人總是希望初戀是完美無瑕的，他無法接受我們的感情在異地因為生活瑣事鬧翻而破裂，那樣太不美麗了……曖昧的結尾，不僅能留住我們之間的美好，也留下轉圜的餘地。

這次，我選讀李清照的〈念奴嬌〉。在古典詩詞裡，春日向來是美好的象徵，但在這首詞裡，陰雨綿綿、冷熱變化不定的春日天氣卻惹得詞人發愁，直到最後才受到新綠的感染而期待放晴出遊。

我的心情也是如此，長達多年烏雲密布，直到聽見亞翔的真心話，才終於看到一點藍天。雖然我還不知道亞翔回臺灣的原因，但我很感謝他能再度出現在我生命裡。

真希・三月

52 雨晴

陳與義

天缺西南江面清，纖雲不動小灘橫。
牆頭語鵲衣猶溼，樓外殘雷氣未平。
盡取微涼供穩睡，急搜奇句報新晴。
今宵絕勝無人共，臥看星河盡意明。

陳與義（1090～1138）
字去非，號簡齋。中進士後，於北宋朝曾任太學博士、著作佐郎等職；於南宋朝曾任中書舍人、吏部侍郎、禮部侍郎、翰林學士、知制誥、參知政事等職。

注釋

一行—**缺**：缺口、空隙。／**纖雲**：微雲、輕雲。／**小灘橫**：比喻雲如水中沙灘穩固不動。

二行—**衣**：指鵲的羽翼。

三行—**報**：回報。／**新晴**：天氣剛放晴。

四行—**今宵**：今夜。／**絕勝**：絕佳美好的景色。／**共**：一起、一同。／**盡意**：盡情。

*賞讀譯文請見二二一頁

真希：

這首陳與義的〈雨晴〉似乎也很貼近妳的心境，洋溢著雨後放晴的喜悅。大雨初停，雷聲隱隱作動，空氣中還留有雨的味道，微涼的溫度讓一陣睡意襲來，但詩人更想為放晴的景致寫首詩，同時盡情欣賞清朗夜空裡的美麗銀河。

但在我看來，還是覺得亞翔很自私。你們的相處模式，就是任由他決定一切嗎？回想起來，在妳跟亞翔交往的那些年裡，我們正好斷了聯絡，只能從其他國中同學那裡聽說一些片段，從未親眼見過你們互動的樣子。方便的話，可以說說你們的交往過程嗎？

妳現在的喜悅溢於言表，看來亞翔應該就是妳的真命天子沒錯吧？但妳還是決定任由他來去嗎？

活到這個歲數，偶爾回想起學生時代的事，就覺得當年好懵懂。我曾經很喜歡一個男生，當時他拒絕了我的告白，我一直以為是自己單戀他。但在結婚多年後，有天回想起那些點滴，我才突然明白是他先對我有好感，主動接近我的，而且他把我看得非常清楚，曾說出連我自己都沒察覺的個性特質。不過，也因為看清楚了，他明白我們有合不來的地方，所以決定放棄吧。

明晴・三月

53 滿江紅・自豫章阻風吳城山作

張元幹

春水迷天，桃花浪幾番風惡。
雲乍起遠山遮盡，晚風還作。
綠遍芳洲生杜若，數帆帶雨煙中落。
傍向來沙嘴共停橈，傷飄泊。

寒猶在，衾偏薄。腸欲斷，愁難著。
倚篷窗無寐，引杯孤酌。
寒食清明都過卻，最憐輕負年時約。
想小樓終日望歸舟，人如削。

張元幹（1091～約1161）
字仲宗，號蘆川居士、真隱山人，晚年自稱蘆川老隱。於北宋朝，曾任開德府教授，後隨李綱抗金兵。於南宋朝，曾任朝議大夫、撫諭使等職。因主和派秦檜當政而辭官，並因作詞挺反秦檜之官員胡詮而入獄，晚年浪遊江浙一帶。

注釋

題－**豫章**：今江西南昌市。／**阻風**：被風浪所阻。／**吳城山**：地名。

一行－**春水**：春天的河水。／**迷**：分辨不清。／**桃花浪**：春季的江河因融雪而水量大，因正是桃花盛開的季節，稱為「桃花浪」。／**幾番**：多次。／**惡**：凶狠。

三行－**芳洲**：花草叢生的小洲。／**杜若**：一種香草。／**數帆**：另有版本為「楚帆」。／**落**：收起。

四行－**傍**：傍晚。／**向來**：即刻，即時。／**沙嘴**：一端連接陸地，一端突出於水中的帶狀沙灘。／**橈**：船槳。

五行－**衾**：大被子。

六行－**篷窗**：船窗。／**寐**：睡。／**引**：拿來。

七行－**過卻**：過去。／**最憐**：最可惜。／**年時**：當年。

八行－**小樓**：指小樓裡的佳人。／**終日**：一整天。／**歸舟**：返航的船。／**人如削**：人漸漸消瘦。

＊賞讀譯文請見二二一頁

明晴：

我和亞翔從高一就是同班同學。那時，我跟班上同學、宿舍室友雖然相處得還不錯，但始終沒能打入她們的朋友圈，因為我每逢週末都趕著回家，沒辦法跟班上同學一起去逛街，而室友們返家的乘車路線也跟我不一樣。所以下課時間，我大部分都靠在走廊的欄杆上，看天空的雲發呆。

亞翔注意到我總是獨自一人，偶爾會來找我攀談，聊到他很喜歡看動畫。他父親在經營影音及漫畫小說出租店，因此他能輕易收藏到喜歡的作品，經常借我帶回家看。我一向喜歡看故事，對他談及的種種話題都充滿了興趣。雖然我們喜歡的故事類別有些差異，卻不影響我們之間的交流。

高一寒假，我待在家裡，發現自己滿腦子想的都是亞翔，才知道自己喜歡上他了。我還沒想好要怎麼面對這段感情，就接到亞翔約我見面的電話。見面的那天，我們同時向彼此告白，就開始交往了。

這次，我選讀張元幹的〈滿江紅・自豫章阻風吳城山作〉，詞人在乘船返家的途中被風雨阻斷前程，只能停泊在江邊獨自飲酒，傷懷自己的飄泊，不捨情人的漫長等待。如果當初我和亞翔選擇遠距離戀愛，就會是這樣兩方都痛苦的情況吧。也許是我們都不願意讓對方受折磨，所以沒有考慮這個選項吧。

真希・三月

54 霜天曉角

晚晴風歇

范成大

晚晴風歇，一夜春威折。
脈脈花疏天淡，雲來去，數枝雪。
勝絕，愁亦絕，此情誰共說。
惟有兩行低雁，知人倚畫樓月。

范成大（1126～1193）
字至能、幼元，早年自號此山居士，晚號石湖居士。登進士第後，歷任校書郎、著作佐郎、處州知州、國史院編修官、禮部員外郎、崇政殿說書等職；曾出使金國，以剛直不屈的態度完成使命。曾被派至廣西，知靜江府兼廣西經略安撫使；之後被派至四川，任四川制置使、知成都府。辭官退休後，於石湖隱居十年。與楊萬里、陸游、尤袤合稱南宋「中興四大詩人」。

一注釋一

一行一**晚晴**：傍晚晴朗的天色。／**春威**：春寒的威力。／**折**：折損、喪失。

二行一**脈脈**：含情，藏在內心的感情。／**花疏**：花朵稀疏。／**數枝雪**：指白梅如雪。

三行一**勝**：美好的、優越的。／**絕**：到極點、頂峰。／**共**：跟、和。／**畫樓**：華麗的樓閣。

*賞讀譯文請見二二二頁

真希：

我以前也很喜歡看故事。那時的心態，應該是想從這些故事中探知世界及人生的真實面貌。不過，隨著年紀漸長，透過自己的經歷和發生在身邊的一些事，逐漸擁有了自己對這世界的認知和定義後，我就開始挑剔故事了，不再全盤接受故事裡的世界觀及人生觀，也排斥接觸那些與自己的想法相違背的虛構故事。這樣或許有些固執己見，但寫故事的也是人，我們都同樣擁有詮釋這世界的權利。不過，對於真實人生的故事，我還是很感興趣。

回到妳和亞翔的話題，看來你們是一拍即合呢。兩人在一起之後，交往過程順利嗎？都是由誰在主導呢？我和高中時的前男友，是屬於互相喜歡卻難以相處的組合。有些情侶的個性差異剛好可以互補不足，而我們卻是衝突不斷、誤會連連，還沒培養出默契就筋疲力盡了。

這次，我選讀范成大的〈霜天曉角〉。在放晴的春日傍晚，不再有料峭寒意，雲兒在天空裡飄來散去，疏落的梅枝上綻放著白雪般的花朵。這景色美到極致，我的愁思也濃到極致，卻無處訴說，只有低飛而過的兩行鴻雁知道我在樓閣上望月思人。像這樣用淡淡的、看似不經意的語氣，悠悠說出心中的憂傷，有時反而會比「我真的好痛苦」這類的句子更讓人感到揪心，忍不住為說者隱藏在內心、深不見底的傷痛而擔憂。

明晴‧三月

55 齊天樂・中秋宿真定驛

史達祖

西風來勸涼雲去，天東放開金鏡。
照野霜凝，入河桂溼，一一冰壺相映。
殊方路永，更分破秋光，盡成悲境。
有客躊躇，古庭空自弔孤影。

江南朋舊在許，也能憐天際，詩思誰領。
夢斷刀頭，書開蠆尾，別有相思隨定。
憂心耿耿，對風鵲殘枝，露蛩荒井。
斟酌姮娥，九秋宮殿冷。

史達祖（1163～約1220）

字邦卿，號梅溪。屢試不中，曾擔任北伐抗金的韓侂胄之幕僚，負責撰擬文書。在韓侂胄遭襲擊殺害後，被處以黥刑，流放到江漢，貧困而終。

【注釋】

一行—**金鏡**：指月亮。

二行—**野**：指大地。／**霜凝**：指明光如霜。／**桂**：古代傳說認為月中有桂樹。／**冰壺**：盛冰的玉壺，指清潔明淨。

三行—**殊方**：遠方，異域。／**路永**：路長。／**分破**：分減、分擔。／**秋光**：秋日的風光景色。／**盡**：全、都。／**境**：情況、光景。另有版本為「鏡」。

四行—**客**：出門在外的人。／**躊躇**：停留；徘徊不前。／**古**：舊的。／**空自**：徒然；白白地。／**弔**：哀傷、憐憫。

五行—**朋舊**：朋友故舊。／**許**：表示疑問，相當於「何」、「什麼」。／**憐**：同情。／**領**：領會。

六行—**刀頭**：指「還」之意。古人的佩刀頭都有環。／**書開蠆尾**：指筆法勁銳。／**蠆**：形狀似蠍而尾部較長的毒蟲。音為「拆」四聲。

七行—**風鵲殘枝**：化用曹操〈短歌行〉：「月明星稀，烏鵲南飛。繞樹三匝，何枝可依？」／**露**：露水。／**蛩**：蟋蟀。

八行—**斟酌**：倒酒及飲酒。／**姮娥**：嫦娥。／**九秋**：秋天。

＊賞讀譯文請見二二二頁

明晴：

老實說，我從來沒注意過，我和亞翔交往時是由誰在主導。現在仔細回想起來，才發現似乎都是我在跟隨亞翔的腳步。

從我認識亞翔的第一天起，他就有成為動畫家的夢想，積極地培養自己在編劇及影像上的種種養分，像是觀看各種影視作品、親身嘗試各種活動、認識世界各地的歷史文化和風土民情等。這些事情對我來說，也是新奇有趣的，所以我一直跟在他身邊參與這些活動。就連他在創作時，我也會跟著創作看看。

我之所以決定要讀多媒體動畫系，並不只是為了要跟亞翔在一起，而是我對動畫也產生了強烈的興趣。我想，這是受到亞翔耳濡目染的結果吧。如果沒有遇到他、和他相戀，我現在會做什麼樣的工作呢？真是難以想像。

這次，我選讀史達祖的〈齊天樂・中秋宿真定驛〉，是詞人奉命出使金國，在中秋夜宿於真定驛站時所寫的詞，充滿悲痛、感慨與寂寥之情。不過，吸引我的卻是開頭的「西風來勸涼雲去，天東放開金鏡」，擬人的鮮明畫面完全可以動畫化。

屢試不中的史達祖，曾受到當時權臣韓侂冑的倚重，卻也因為韓侂冑的身亡失勢而遭到黥刑及流放。就像我因為曾跟亞翔交往，如今才會從事這份工作。人與人之間的相遇及交集，有時會為我們的人生方向帶來重大改變。雖說我是我，他是他，都是獨立的個體，但是沒有了他，我的人生也不會是現在這個樣子……

真希・四月

56 法曲獻仙音・弔雪香亭梅

周密

松雪飄寒，嶺雲吹凍，紅破數椒春淺。
襯舞臺荒，浣妝池冷，淒涼市朝輕換。
歎花與人凋謝，依依歲華晚。

共淒黯，問東風幾番吹夢。
應慣識當年，翠屏金輦。
一片古今愁，但廢綠平煙空遠。
無語消魂，對斜陽衰草淚滿。
又西泠殘笛，低送數聲春怨。

周密（1232～1298）

字公謹，號草窗、霄齋、蘋洲、蕭齋，晚年號弁陽老人、四水潛夫、華不注山人。南宋時曾任義烏令等職，入元不仕。著有《武林舊事》、《癸辛雜識》等書，記錄許多南宋的社會文化風情。與吳文英（號夢窗）齊名，時人稱「二窗」。

注釋

題—**雪香亭**：在杭州聚景園內。

一行—**紅破**：指紅梅綻放。／**椒**：梅花含苞未放時，外形如椒。

二行—**襯舞臺**：聚景園裡的臺名。／**浣妝池**：聚景園裡的池名。／**冷**：冷清。／**市朝**：市場和朝廷。代指朝代、世事。

三行—**依依**：留戀不捨的樣子。／**歲華**：指歲月及年華。／**晚**：終，將盡。

四行—**淒黯**：淒涼暗淡。／**東風**：春風。／**幾番**：幾次。

五行—**慣識**：經常見到。／**翠屏金輦**：綠色屏簾、金色座車，指帝王后妃的車駕和儀仗。

六行—**但**：只。／**廢綠**：荒蕪的園林。／**平煙**：漫地而起的煙霧。／**空遠**：遼遠。

七行—**消魂**：哀傷至極，好像魂魄離開形體而消失。／**衰草**：枯草。

八行—**西泠**：杭州西湖的橋名。／**殘笛**：斷斷續續的笛聲。

＊賞讀譯文請見二一三頁

真希：

跟隨男友的腳步，卻沒有失去自我，還因此挖掘出自己的興趣，真是一件非常難能可貴的事。記得妳之前也跟著弘宇研究怎麼製作冰淇淋，但這件事卻沒有讓妳興起轉行的念頭，可見妳是真心喜歡動畫，而不只是被愛情所迷惑。

不過，看起來你們之間是由亞翔主導一切，難道妳從來不曾為此感到不自在或委屈嗎？面對愛情時，我從來不曾懷著「要把對方從泥沼中拯救出來」，或是「希望對方為我而有所改變」的想法，都是喜歡那人原本的樣子；另一方面，我也始終堅持要保有自我，生活小事可以妥協，但對於那些不容侵犯的事物，就絕對不會讓步。像我這樣任性的人竟能遇到另一半，或許也可以說是奇蹟吧。

人與人之間的相遇，真的是件很奧妙的事。有時，就算是素昧平生、僅有一面之緣的人，也可能透過一句話就改變了我們的人生。人與人之間的交流，編織成我們的人生故事，也影響了我們的未來。

這次，我選讀周密的〈法曲獻仙音・弔雪香亭梅〉。詞人在南宋滅亡後重遊昔日皇家園林，在早春的涼冷風景裡，感嘆繁華不再，充滿了無限的哀愁。每每讀到這類亡國詩詞，總讓人為自己能生長在太平之世而感到慶幸；也許政經環境還有許多待改善的地方，但能過著沒有戰爭的和平日子，就足以讓人感恩不已了。

明晴・四月

57 高陽臺・寄越中諸友

周密

小雨分江，殘寒迷浦，春容淺入蒹葭。
雪霽空城，燕歸何處人家。
夢魂欲渡蒼茫去，怕夢輕翻被愁遮。
感流年，夜汐東還，冷照西斜。

萋萋望極王孫草，認雲中煙樹，鷗外春沙。
白髮青山，可憐相對蒼華。
歸鴻自趁潮回去，笑倦遊猶是天涯。
問東風，先到垂楊，後到梅花。

注釋

題—**越中**：浙江紹興。

一行—**殘寒**：尚未消盡的寒意。／**迷**：令人分辨不清。／**浦**：河岸，水邊。／**春容**：春色，春天的景色。／**淺**：稍微、少量。／**蒹葭**：荻草和蘆葦。

二行—**雪霽**：雪停。

三行—**夢魂**：古人認為人的靈魂能在睡夢中離開肉體。／**蒼茫**：指江面。／**翻**：反而。／**遮**：攔住。

四行—**流年**：如流水般消逝的時間。／**夜汐**：夜裡的潮汐。／**冷照**：指月光。

五行—**萋萋**：茂密的樣子。／**望極**：極目遠望。／**王孫草**：牽動離愁的景色。出自漢代的〈招隱士〉：「王孫游兮不歸，春草生兮萋萋。」／**雲中煙樹**：化用南朝謝朓〈之宣城出新林浦向板橋〉的「天際識歸舟，雲中辨江樹」。／**煙樹**：雲煙繚繞的樹林。

六行—**蒼華**：頭髮灰白，在此指青山和白髮。

七行—**趁**：追隨、跟隨。／**倦遊**：厭倦於行旅生涯。／**天涯**：天邊，指遙遠的地方。

八行—**東風**：春風。／**垂楊**：代指離愁。／**梅花**：代表對友人的思念，化用陸凱〈贈范曄〉的「折梅逢驛使，寄與隴頭人」。

＊賞讀譯文請見二二四頁

明晴：

我沒有不自在或委屈的感覺，因為亞翔都是以詢問的口氣來提議要做些什麼事，我擁有要不要參與的選擇權。若我先安排了其他事情，他就會改時間或自己去做。他想做的事太多了，即使我不在他身邊，他也會把自己的生活安排得滿滿當當。

其實，亞翔是個重視自我甚於愛情的人，我為了不讓自己的存在感被削弱，大多會選擇參與。而他之所以不排斥我陪在他身邊，除了喜歡我之外，也許還因為我總是旁觀而不主動插手，不會讓他覺得被打擾的關係吧。偶爾，我也會在陪他的同時，做自己想做的事。互不干涉，但又知道彼此在做什麼，偶爾交流一下想法，這樣共度時光的方式充滿了恬靜幸福感。當然，我們難免會小吵嘴，但總是自然而然就和好，實在是一份無可挑剔的關係。可惜，我們倆所想像的未來並不相同，只好畫下句點。

這次，我選讀周密的〈高陽臺・寄越中諸友〉，是在南宋滅亡後所寫的詞作。詞人身在臨安，與紹興雖僅隔一條錢塘江，卻因種種原因而無法與友人相聚。亡國後的蒼涼、無法相聚的哀愁，年華亦流逝不可挽，人世間只剩下這些無可奈何之事。在那種情況下，談什麼夢想都是虛妄吧。不過，周密竟能在入元後堅持寫出記錄南宋生活的多本書籍，真是讓人佩服。

真希・四月

58 聲聲慢・都下與沈堯道同賦

張炎

平沙催曉，野水驚寒，遙岑寸碧煙空。
萬里冰霜，一夜換卻西風。
晴梢漸無墜葉，撼秋聲都是梧桐。
情正遠，奈吟湘賦楚，近日偏慵。

客裏依然清事，愛窗深帳暖，戲揀香筒。
片雲歸程，無奈夢與心同。
空教故林怨鶴，掩閒門明月山中。
春又小，甚梅花猶自未逢。

張炎（1248～1318）

字叔夏，號玉田、樂笑翁。貴族後裔，二十九歲時南宋都城臨安被元軍攻陷，從此家道中落。曾北遊元都，嘗試求官，但很快就作罷。落魄而終。格律派詞人，著有《詞源》。與蔣捷、王沂孫、周密並稱「宋末四大家」。

注釋

一行—**平沙**：廣闊的沙原。／**曉**：天亮。／**野水**：野外的天然水流。／**遙岑**：遠處陡峭的小山崖。／**寸碧**：指遠方看來很小的山水樹林等綠色景物。

二行—**換卻**：換掉、取代。

三行—**撼**：搖動。

四行—**奈**：奈何、如何。／**吟湘賦楚**：西漢賈誼被貶，在渡湘水時作賦弔屈原。／**慵**：懶。

五行—**客裏**：作客時。／**清事**：沒什麼事。／**香筒**：一種淨化空氣的用具，裡面放香料或香花，香氣會從筒壁、筒蓋的孔洞中散出。

六行—**片雲歸程**：指夢見回鄉的事，馬上被驚醒。化用岑參〈春夢〉的「枕上片時春夢中，行盡江南數千里」。

七行—**空教**：徒然使得。／**故林**：昔日居住的山林。／**怨鶴**：化用南北朝孔稚珪〈北山移文〉的「蕙帳空兮夜鶴怨」。／**掩**：關上。／**閒門**：亦作「閑門」。指進出往來的人不多，顯得清閒的門庭。

八行—**春又小**：指農曆十月。南北朝宗懍在《荊楚歲時記》中寫：「十月天時和暖似春，故曰小春。」／**甚**：為什麼。／**猶自**：仍舊。

*賞讀譯文請見二二五頁

真希：

妳和亞翔的相處模式實在太像老夫老妻了，能遇到這樣的人，真的不容易。你們已經談過之後的事，確定要分道揚鑣嗎？我還是覺得好可惜，也十分不解。他到底為什麼要回臺灣來找妳？可以告訴我詳情嗎？

這次，我選讀張炎的〈聲聲慢・都下與沈堯道同賦〉。身為南宋遺民的詞人，本是為了求得一官半職而前往元都，卻無法忘懷舊朝，他在上片裡描寫時節景物為背景，再於下片透露出自己慵懶的原因是思念故鄉，那裡才是自己真正的歸屬之地。這讓我聯想到亞翔，為什麼他非得到日本發展不可呢？留在臺灣也可以闖出一片天的，不是嗎？

順道一提，時間過得真快，我的小兒子已經兩歲多了，總算來到可以用言語溝通的階段，教養起來輕鬆許多。他現在會自己拿湯匙和叉子來用餐，好好吃一頓飯對我來說已不再是夢了。不過，接下來還有戒尿布、穿衣服、刷牙洗臉、洗澡、用筷子等生活自理能力要教，得緊跟在旁的日子還很長。

男孩子就是喜歡跑跳衝撞，很難靜下來，不像女孩子大部分時間都可以乖乖坐好，所以我們現在一到休假日就會往戶外跑，到孩子能盡情奔跑的大草地，我們夫妻坐在旁邊野餐納涼，看大女兒陪小兒子一起玩耍。在我們父母成長的年代，大姊通常要幫忙帶么弟妹，就是像這樣吧。

明晴・四月

59

江神子慢

玉臺挂秋月

田為

玉臺挂秋月，鉛素淺梅花傅香雪。冰姿潔，金蓮襯小小凌波羅襪。雨初歇，樓外孤鴻聲漸遠，遠山外行人音信絕。此恨對語猶難，那堪更寄書說。

教人紅消翠減，覺衣寬金縷，都為輕別。太情切，消魂處畫角黃昏時節。聲嗚咽，落盡庭花春去也，銀蟾迴無情圓又缺。恨伊不似餘香，惹鴛鴦結。

田為

字不伐。北宋政和末曾任大晟府典樂，宣和元年（1119）罷典樂，為大晟府樂令。

注釋

一行—**玉臺**：精美的梳妝檯。／**挂**：掛。／**秋月**：指圓鏡。／**鉛素**：指鉛白，古代女子化妝用的白色鉛粉。／**傅**：通「附」，附著。

二行—**冰姿**：淡雅的姿態。／**潔**：乾淨、明亮。／**金蓮**：指女子的纖足。／**羅襪**：絲織的襪子。／**凌波羅襪**：出自魏晉的曹植〈洛神賦〉：「凌波微步，羅襪生塵。」

三行—**鴻**：鴻雁，又稱大雁，是一種候鳥，於春季返回北方，秋季飛到南方越冬。／**行人**：指外出遠行的人，遊子。

四行—**對語**：交談，對話。／**那堪**：怎麼承受。

五行—**紅消翠減**：形容女子姿容減退。出自北宋柳永的〈八聲甘州〉：「是處紅衰翠減，苒苒物華休。」

六行—**情切**：感情真切。／**消魂**：哀傷至極，好像魂魄離開形體而消失。／**畫角**：樂器名。傳自西羌，形如牛、羊角，表面彩繪裝飾，吹奏時發出嗚嗚聲。

七行—**盡**：完畢。／**銀蟾**：指明月。／**迴**：遙遠。

八行—**餘香**：指花的餘香。／**惹鴛鴦結**：讓鴛鴦結伴成雙。

*賞讀譯文請見二一六頁

明晴：

亞翔從小就迷戀日本漫畫和動畫，日本動畫界是他夢想中的殿堂，一直希望自己能成為其中受肯定的一份子。此外，亞翔有四分之一的日本血統，也讓他對日本懷有特殊情懷。他外公是來臺經商的日本人，因時代因素而被迫留在日本，他外婆則在臺灣開麵店，獨自拉拔孩子長大。在臺日開放觀光後，他叔公曾特地前來拜訪，並告知外公因病過世的消息。在那之後，雙方家族仍持續保持聯絡。

亞翔說，這些年來，他都是利用新年或黃金週假期回臺灣，除了探望家人外，也會約一些老朋友見面。而這次，他只讓家人和我知道他回臺的事，沒有主動跟其他朋友提起。他回來的目的，是為了創作劇本和分鏡圖。他說，之前都是在做漫畫動畫化的工作，但他最大的夢想是做原創動畫電影，卻始終寫不出滿意的劇本，便決定給自己一段時間專心做這件事。在這種時候，如果有我陪在他身邊更好，因為這會讓他更有安全感，且創作靈感源源不絕。剛好我仍然單身，他就厚著臉皮來找我。所以，「復合」並不在他的計畫之內，他只是回來取暖的。

這次，我選讀田為的〈江神子慢〉。輕妝打扮的美人在雨後黃昏思念遠行的遊子，因與遊子分離多時而憔悴削瘦的她滿心愁緒，所聽到的號角聲、看到的暮春景象，全都覆上一層哀愁，即便滿月也惹她怨恨，並嫉妒因花朵餘香而結伴同行的鴛鴦。這與我當年思念遠在日本的亞翔的心情如出一轍，但我還不敢問，他是否也對我懷有同樣的思念，是否曾對把我獨自留在臺灣這件事感到後悔。

真希・五月

60 驀山溪・梅

曹組

洗妝真態，不作鉛華御。
竹外一枝斜，想佳人天寒日暮。
黃昏院落，無處著清香，
風細細，雪垂垂，何況江頭路。

月邊疏影，夢到消魂處。
結子欲黃時，又須作廉纖細雨。
孤芳一世，供斷有情愁，
消瘦損，東陽也，試問花知否。

曹組

字元寵。多次應試不第，北宋宣和三年（1121），殿試中甲，賜同進士出身，曾任武階兼閣門宣贊舍人、給事殿中等職。約於宋徽宗末年去世。

一注釋一

一行一**洗妝真態**：卸妝露出素顏。／**鉛華**：脂粉。／**御**：管理、統治，在此指塗抹、修飾。

二行一**竹外一枝斜**：化用北宋蘇軾的〈和秦太虛梅花〉：「江頭千樹春欲闇，竹外一枝斜更好。」／**想**：似、像。／**佳人**：指梅花。／**天寒日暮**：化用自唐代杜甫的〈佳人〉：「天寒翠袖薄，日暮倚修竹。」

三行一**院落**：庭院。／**無處著清香**：指無人欣賞。

四行一**細細**：輕微的樣子。／**垂垂**：下降、下落。／**江頭**：江邊，江岸。

五行一**疏影**：指梅花，化用自北宋林逋的〈山園小梅〉：「疏影橫斜水清淺，暗香浮動月黃昏。」／**消魂**：哀傷至極，好像魂魄離開形體而消失。

六行一**廉纖**：細小，細微。多用以形容微雨。

七行一**孤芳**：獨秀的香花。／**供斷**：供盡，指提供之多。

八行一**瘦損**：消瘦。／**東陽**：原指南朝文學家、史學家沈約，曾任東陽太守。唐代李延壽的《南史・沈約傳》中，有「百日數旬革帶常應移孔，以手握臂，率計月小半分」，以「沈郎瘦腰」聞名。在此比喻詞人自己。

＊賞讀譯文請見二二七頁

真希：

我真是越看越不明白。妳明知道他是在利用妳，為何還願意陪伴他？是因為還愛著他？還放不下他嗎？若妳是心甘情願的，其實我也沒有多說話的餘地。但我想提醒妳，就算復合不在亞翔的計畫內，而妳有這樣的想法的話，為何不坦誠對亞翔說呢？不管最後的結果會如何，把想問的、想說的全都毫無隱瞞的表達出來，才能夠徹底解開你們之間的結，讓兩人心無牽掛地走向下個階段吧？反正妳似乎都打定主意最後要放他走了，何不勇敢面對真相呢？

這次，我選讀曹組〈驀山溪・梅〉。詞中描寫淡雅的梅花在黃昏的風雪中綻放，只能獨自倚竹而無人欣賞；到了梅樹結果時，又是細雨綿綿的季節，終其一生都不受關愛，這也讓詞人聯想到自己的境遇而感慨不已。真心希望亞翔能夠實現夢想，也希望妳能和所愛的人在一起，別像這梅花一樣，只能孤芳自賞。

我妹最近要結婚了，也預計在婚後開個人工作室。她希望先打好基礎，待日後有孩子，就可以邊帶孩子邊工作。這種生活看起來挺不錯的，能同時兼顧自我實現和親子互動，但這兩者難免會有衝突的時候，像是正在趕案子，孩子卻剛好感冒發燒……我妹說，這時就要她先生出手支援了，畢竟孩子是夫妻兩人的，育兒責任不能只推到太太身上。我們家的女孩果然都很強勢，哈。

明晴・五月

61 摸魚子・七夕用嚴柔濟韻

白樸

問雙星有情幾許，消磨不盡今古。
年年此夕風流會，香暖月窗雲戶。
聽笑語，知幾處彩樓瓜果祈牛女。
蛛絲暗度，似拋擲金梭，縈回錦字，
織就舊時句。

愁雲暮，漠漠蒼煙掛樹。人間心更誰訴。
擘釵分鈿蓬山遠，一樣絳河銀浦。
烏鵲渡，離別苦，啼妝灑盡新秋雨。
雲屏且駐，算猶勝姮娥，倉皇奔月，
只有去時路。

白樸（1226～1306）

初名恆，字仁甫；後改名樸，字太素，號蘭谷。出身金朝官宦家庭，金亡後，曾由父親的好友元好問收養一段時日。終身未仕，專注於雜劇創作，為元曲四大家之一。

—注釋—

一行—**幾許**：多少。／**今古**：從古到今。

二行—**風流**：涉及男女間情愛的。／**月窗雲戶**：指牛郎織女的仙居。

三行—**彩樓瓜果祈牛女**：在七夕這天搭彩樓、列瓜果，向牛郎織女乞巧祈福。

四行—**蛛絲暗度**：五代王仁裕《開元天寶遺事》記載，唐玄宗與楊貴妃每到七夕，就會各捉蜘蛛關在小盒中，天亮時看蛛網的稀密來判斷得巧的多寡。／**縈**：纏繞。／**錦字**：《晉書》記載，秦州刺史竇滔被徙流沙，其妻蘇氏織錦為回文旋圖詩贈之。此後，錦字便指妻子寫給丈夫的信。

六行—**愁雲**：顏色慘淡，引人發愁的雲。／**漠漠**：瀰漫密布的樣子。／**蒼煙**：蒼茫的雲霧。

七行—**擘釵分鈿**：將金釵和鈿盒分開，指夫婦生離死別。化用自唐代白居易《長恨歌》。／**蓬山**：神話傳說中的海上仙山，代指遠離家鄉的丈夫之住所。／**絳河**：銀河。／**銀浦**：銀河。

八行—**烏鵲**：神話中，在七夕時為牛郎、織女造橋的喜鵲。／**啼妝**：借指女子的淚痕。／**新秋**：初秋。

九行—**雲屏**：畫有雲彩或以雲母石飾製的屏風。／**姮娥**：嫦娥。／**倉皇**：慌張匆忙的樣子。

*賞讀譯文請見二二八頁

明晴：

老實說，最近我為了思考是否要與亞翔復合的事，腦子呈現打了N個死結的狀態，完全理不出頭緒。我不否認，我的確還喜歡亞翔，就是無法置之不理。既然如此，我似乎應該選擇復合，跟隨他到日本生活。然而，我也許只能在臺灣扮演好支持及陪伴者的角色，若場景轉移到日本，就沒辦法了。

雖然有許多人為了愛情而遠赴異國生活，也在當地找到安身立命之道。我卻很害怕那種孤立無援，只能依靠某一個人的狀態，這種不安會讓怕生又慢熟的我變得歇斯底里，進而導致感情惡化吧。而且，亞翔一心追求夢想，根本無暇顧及我，我也不願成為他的拖油瓶。再怎麼想，到日本之後的生活都非幸福坦途。

此外，我們都曾喜歡上別人，實際上並不是這輩子非要對方不可，沒對方就活不下去的情況。或許是因為這樣，我才始終沒有不顧一切往前的衝動，總是站在原地躊躇猶豫吧。

不過，既然亞翔沒有復合的想法，這些也只是空想罷了。

這次，我選讀白樸的〈摸魚子・七夕用嚴柔濟韻〉。因思念夫婿而哀怨的閨婦，在七夕時想像牛郎與織女相會時的欣喜，旁觀他人滿懷期待歡度節日的模樣，感傷著自己與夫婿相隔兩地，無處訴情思。但最後，她安慰自己，至少比苦守廣寒宮的嫦娥幸福，畢竟她和夫婿還有機會重逢相聚。

但我總覺得，這是我和亞翔共度的最後時光了。不是那種誰會遭遇不幸的預感，而是我們未來的人生路要正式分道揚鑣了。

真希・五月

62 水龍吟

春流兩岸桃花

王惲

春流兩岸桃花，驚濤極目呑天去。
孤舟纜解，棹歌聲沸，漁舠掀舞。
雲影西來，片帆吹飽，滿空風雨。
悵淋漓元氣，江南圖畫，煙霏盡，汀洲樹。

天地此身逆旅，笑歸來，滿衣塵土。
功名無子，就中多少，艱危辛苦。
北去南來，風波依舊，行人爭渡。
聽滄浪一曲，漁人歌罷，對夕陽暮。

王惲（1227～1304）
字仲謀，出身金朝官宦世家。於元朝曾任中書省詳定官、翰林修撰、翰林學士、知制誥、嘉議大夫等職。為官剛正不阿、直言敢諫。

題序：己未春三月，同柔克濟河，中流風雨大作，幾覆者再。感念疇者，為賦此詞，且以經事之後，重有所惜云。

一注釋一

一行—**驚濤**：震攝人心的波濤。／**極目**：滿目；充滿視野。

二行—**孤舟**：孤獨的船。／**棹歌**：行船時所唱之歌。／**沸**：比喻喧鬧、嘈雜。／**舠**：小船。／**掀舞**：飛舞；翻騰。

三行—**片帆**：孤舟；一艘船。／**空**：天空。

四行—**悵**：此處應是採「舒暢、暢快」之意。／**淋漓**：盛多；充盛。／**元氣**：泛指宇宙自然之氣。／**煙霏**：雲煙瀰漫。／**盡**：完結、終止。／**汀洲**：水中的沙洲。

五行—**身**：我，自己。／**逆旅**：旅居。

六行—**子**：你。在此指作者自己。／**就中**：其中。／**多少**：很多、許多。

七行—**行人**：指外出遠行的人

八行—**滄浪一曲**：化用《楚辭•漁父》：「漁父……乃歌曰：『滄浪之水清兮，可以濯吾纓；滄浪之水濁兮，可以濯吾足。』」／**暮**：黃昏。

*賞讀譯文請見二二一九頁

真希：

我大概了解妳的想法了。但我想，一向相信直覺的妳，是不是在等待某種來自內心的召喚？我姊就是這種人，儘管她面對事情時都會冷靜理性的思考，但真正影響她做決定的關鍵，總是內心那股無以名狀的感覺。她常說，要是覺得不對勁、充滿不安、懶得做……就是不對的事；真正該做的，是就算思考再多仍會情不自禁往那裡走去的事。

最近我看了一些異國夫妻的故事，那些嫁到國外的女子，通常從小就嚮往到外國生活，並在實際行動後遇見了真命天子。我有時會想，這是她選擇之後才產生的緣分，或是冥冥中註定好的緣分吸引她過去？

這次，我選讀王惲的〈水龍吟〉。王惲一生官運頗佳，秉持剛正直言的態度，始終受到帝王的信任，並持續發揮影響力直至終老。這首詞是他在當官的前一年所寫的。在波濤洶湧、風雨大作的江面上，兩岸的如畫風景籠罩在濃霧裡，只能看到汀洲上的綠樹；漁船為漁汛歡欣鼓舞，他所搭乘的船卻幾度差點翻覆。在歷經生死關頭之際，詞人看透功名的虛無，興起退隱當漁父的想法。沒想到，他在隔年就順利踏上仕途。

雖然我還是不免為妳和亞翔這對有情人的分手結局感到惋惜，但說不定妳會跟王惲一樣，在這之後迎接到更適合妳的幸福人生。

明晴・五月

63 雁兒落帶得勝令

雲來山更佳

張養浩

雲來山更佳，雲去山如畫。
山因雲晦明，雲共山高下。

倚杖立雲沙，回首見山家。
野鹿眠山草，山猿戲野花。
雲霞，我愛山無價，看時行踏，雲山也愛咱。

張養浩（1270～1329）

字希孟，號雲莊。曾任中書省掾屬、堂邑縣尹、監察御史等職，元武宗時因上書諫言而被免官，至元仁宗時復官，任禮部尚書、參議中書省事等。棄官隱居八年，多次受召不赴，直到元文宗天曆二年關中大旱，才出任陝西行台中丞，治旱救災，最後勞瘁而死。

注釋

一行—**佳**：美。
二行—**晦**：昏暗。
三行—**雲沙**：雲海的邊緣，宛如沙灘。／**山家**：山那邊，或指山野人家。
五行—**無價**：無法估量其價值。形容極為珍貴。／**行踏**：行走。／**咱**：我。

*賞讀譯文請見二三〇頁

明晴：

其實我自己也覺得很感傷。明明這麼喜歡一個人，卻不願意陪他到天涯海角，到底是哪裡不對勁呢？

最近，我突然想起幾年前因病去世的姑姑。她是傳統的家庭主婦，在丈夫外遇後，她為了給孩子一個完整的家，選擇忍氣吞聲，但實際上卻滿心怨懟。每次見到她時，她總是愁眉不展，連我的表弟妹們看來都悶悶不樂的。我時常在想，要是她有一技之長，能夠自力更生，是不是就能掙脫婚姻的枷鎖，給自己一個快樂的人生，也給孩子開心的童年呢？或許，害怕陷入跟姑姑一樣的窘境，是我不願為愛奔赴他國的原因之一。

另外，也如妳所說，我相信自己的直覺。每當我試著想像我和亞翔在日本生活的情景時，腦中就會出現漫畫中常見的亂糟糟黑線團，胸口也會像被什麼綁住似的喘不過氣來，讓我無法脫口對亞翔說：「我要跟你去日本！」

煩人的事先到此為止，我們來賞讀張養浩的〈雁兒落帶得勝令〉吧。這是首好可愛的帶過曲。詞人先以〈雁兒落〉：「雲來山更佳。雲去山如畫。山因雲晦明，雲共高山下。」來描寫雲朵如何影響山的景觀變化，讓人聯想到陳昇〈別讓我哭〉的那句「因為有山／才能依偎著雲／然而他們可以生活在一起」，山和雲的關係是如此密不可分。接著，詞人再以〈得勝令〉描寫置身山間欣賞雲中風景的心情。

我和亞翔預計月底要搭火車環島，重溫年少時的點點滴滴，真希望一路都能如詞人這般愜意。

真希·六月

64 折桂令・秋思

喬吉

紅梨葉染胭脂，吹起霞綃，絆住霜枝。正萬里西風，一天暮雨，兩地相思。恨薄命佳人在此，問雕鞍遊子何之。雁未來時，流水無情，莫寫新詩。

喬吉（1280～1345）字希孟，號雲莊。曾任中書省掾屬、堂邑縣尹。

注釋

一行——**胭脂**：紅色的化妝用品，多塗抹於兩頰、嘴唇，也可用於繪畫。／**霞綃**：紅色的絲絹，代指紅葉。／**絆住**：行動受到阻礙、不自由。

二行——**萬里西風**：形容範圍廣大的西風。／**一天**：某一天、這一天。／**暮雨**：傍晚的雨。

三行——**薄命佳人**：福薄命苦的美女。／**雕鞍**：飾有雕繡的馬鞍。／**何之**：去哪裡。

四行——**雁未來**：指沒有收到信。古人把鴻雁視為信差的代表。相傳漢武帝時，漢使接獲密告，得知匈奴將使臣蘇武流放北海，卻謊稱他已死，漢使便用計對匈奴說，漢皇帝射下的一隻鴻雁上有蘇武的帛書，讓蘇武得以被釋放。

＊賞讀譯文請見二三〇頁

真希：

六月底時，已經有不少大學生開始放暑假，比較沒辦法清閒的旅行，早點出發會不會比較好呢？或是你們連出遊的日期都要重溫呢？你們現在這麼親密，到時真的捨得分開嗎？（雖然你們上次也是這樣分開的……）

真是的，我本來打算不再碎念的，卻還是忍不住發問，果然是老媽子一個。

前幾個月，小兒子滿兩歲，我已經喊過時間過得真快。現在，暑假快到了，女兒將要升三年級，讓我又想嚷嚷「時間過得真快」。然後，我突然發現這一年來我們都忽略了彼此的生日，該不會是我們在潛意識中拒絕承認年齡的增長？

俗話說：「孩子催人老。」看著孩子一天天長大，真讓人不得不承認自己也一天天變老了。我爸媽也是，每次看到自己和孫子的合照，就會說：「本來不覺得自己老，一跟孫子拍照，就老態盡顯了。」

這次，我選讀喬吉的〈折桂令・秋思〉。在紅葉被西風吹到其他樹枝上的秋天，佳人在黃昏雨中思念身在萬里之外的遊子，卻因為對方毫無音訊，有可能早已變心，決定不要寫詩信傾訴這份心情。這倒是跟我的想法滿像的。我不是那種別人不愛我，還會苦苦追求，甚至死纏爛打的女生；我會直接放棄，然後等待下個有緣人出現。還好，我等到了。

明晴・六月

65 塞鴻秋

愛他時似愛初生月

無名氏

愛他時似愛初生月，喜他時似喜看梅梢月，
想他時道幾首西江月，盼他時似盼辰鉤月。
當初意兒別，今日相抛撇，
要相逢似水底撈明月。

注釋

二行——**道**：談、說。／**西江月**：詞牌名，代指填詞寄託思念之情。／**辰鉤**：水星的別名。因水星很難見到，常用來比喻極為期盼或難得見到的事物。／**辰鉤月**：水星（辰鉤）與月相會。

三行——**意兒**：情意。／**別**：特殊、與眾不同。／**相**：由交互的意義演變為單方面的意義，指一方對另一方的行為。通常用於動詞前。／**抛撇**：抛開；丟棄。

＊賞讀譯文請見二三一頁

明晴：

我們本來也想避開暑假人潮，不過暑假是我們動畫臺的旺季，有很多新片要上檔，必須趕工做預告，直到月底才有空請假。這次出遊的日期，也如妳所說，剛好跟大學時期一樣。到時，回憶會不會排山倒海而來，把我們淹沒呢？

事隔多年，我和亞翔的互動乍看之下跟過往沒什麼兩樣，但實際上很多細微處都不同了。我想，這趟旅行會把這些差異凸顯出來吧。

這次，我選讀無名氏的〈塞鴻秋〉。這是首好可愛的散曲，大部分都以「月」為尾字，描述從相愛到分手的心境變化，既直接又貼切。雖然結局是悲傷的，卻充滿自嘲的詼諧語氣，讓人會心一笑。

說到這裡，我想到知名老歌〈月亮代表我的心〉。這是首表達深情的歌曲，我卻一直想問，這意思是心意跟月亮一樣陰晴圓缺、反覆不定嗎？還是，心意跟月亮一樣，雖然有時看不到，卻永遠存在？但實際上，作者應該是看著滿月寫下歌詞的吧。

除了夜裡的黃色月亮外，我也常看到晝間的白色月亮，還有幾次留下深刻的印象。一次是在夏季下午五點多坐車往北行，看到左邊是火紅夕陽，右邊是白色滿月，一同相伴前行的畫面；一次是在秋季早上六點多朝西方走，陽光從背後照射而來，前方天空裡掛著略圓的白月，感覺都好夢幻。所以，太陽和月亮其實滿常見面的呢。

真希・六月

66 殿前歡

碧雲深

衛立中

碧雲深，碧雲深處路難尋。
數椽茅屋和雲賃，雲在松陰。
掛雲和八尺琴，臥苔石將雲根枕，折梅蕊把雲梢沁。
雲心無我，雲我無心。

衛立中（約 1290 ～ 1350 前後在世）名德辰，字立中。善書法，隱居未仕。

【注釋】

一行—**碧雲**：碧空中的雲。

二行—**椽**：架在桁上用來承接木條及屋頂的木材。引申為房屋的量詞，幾椽即幾間。音同「船」。／**和雲賃**：連雲一起租下。／**松陰**：松樹的樹蔭。

三行—**雲和**：地名，以出產琴瑟聞名。／**雲根**：深山雲起之處。／**沁**：浸透。

四行—**無心**：佛教語。指解脫邪念的真心。

＊賞讀譯文請見二三一頁

真希：

衛立中的〈殿前歡〉也很有趣，以「雲」貫穿整首曲，是作者唱和友人阿里西瑛的〈殿前歡・懶雲窩自敘〉之作。阿里西瑛是回族人，將自己的居室命為「懶雲窩」，以此題寫了三首曲：

懶雲窩，醒時詩酒醉時歌。瑤琴不理拋書臥，無夢南柯。得清閒儘快活，日月似攛梭過，富貴比花開落。青春去也，不樂如何？

懶雲窩，醒時詩酒醉時歌。瑤琴不理拋書臥，儘自磨陀。想人生待則麼？富貴比花開落，日月似攛梭過。呵呵笑我，我笑呵呵。

懶雲窩，客至待如何？懶雲窩裡和衣臥，儘自婆娑。想人生待則麼？貴比我高些個，富比我鬆些個，呵呵笑我，我笑呵呵。

阿里西瑛的人緣似乎很好，除了衛立中外，喬吉、吳西逸、貫雲石都寫了多首唱和之作。我覺得對照賞讀起來很有趣，所以挑選其中幾首出來。若妳有興趣，可以去搜尋他們完整的系列作品。

・喬吉〈殿前歡・阿里西瑛號懶雲窩自敘有作奉和〉：懶雲窩，雲窩客至欲如何？懶雲窩裡和雲臥，打會磨跎。想人生待怎麼，貴比我爭些大，富比我爭些個。呵呵笑我，我笑呵呵。

・吳西逸〈殿前歡〉：懶雲窩，懶雲堆裡即無何。半間茅屋容高臥，往事南柯。紅塵自網羅，白日閑酬和，青眼偏空間。風波遠我，我遠風波。

・貫雲石〈殿前歡・和阿里西瑛懶雲窩〉：懶雲窩，陽臺誰與送巫娥？蟾光一任來穿破，遁跡由他。蔽一天星斗多，分半榻蒲團坐，盡萬里鵬程挫。向煙霞笑傲，任世事蹉跎。

明晴・六月

67 浪淘沙・夜雨

檐溜瀉泉聲，寒透疏櫺。
愁如百草雨中生。
誰信在家翻似客，好夢先驚。
花發恐飄零，只待朝晴。
彩霞紅日照山庭。
曾約故人應到也，同聽啼鶯。

梁寅

梁寅（1303～1389）字孟敬。元末屢試不第，曾被徵召為集慶路儒學訓導，兩年即辭。明初曾受召修禮樂書，書成後，以疾辭授官。晚年隱居於石門山教學，人稱梁五經、石門先生。

注釋

一行—**檐溜**：檐溝，亦指檐溝流下的水。檐同「簷」。／**櫺**：同「欞」。

三行—**翻似客**：指好似客居他處，翻來覆去，輾轉難眠。

四行—**飄零**：凋謝飄落。

五行—**山庭**：山林庭園。

六行—**故人**：老友。

＊賞讀譯文請見二三二頁

明晴：

我已經環島回來了。這次剛好在半途遇到颱風來襲，所以我們多停留了兩天，堅持要走完既定行程。

在旅途中，我終於開口問亞翔：「你在日本時，曾想念過我嗎？」他說：「無論是開心或沮喪時，我都會想，如果有妳在身邊該多好。我也曾經幻想妳透過同學問到我的住處，跑來日本給我驚喜。我並不像妳以為的那樣，對妳毫無留戀。只是我感覺到我的未來在日本，而妳的未來並不在我身邊。……老實說，我決定到日本發展後，也開始有『在完成滿意的代表作之前，絕對不結婚』的想法。我不能為自己的單方面決定，而勉強把妳留在身邊，過我理想中的生活。……在日本的那兩段戀情，都是因為我過於專注工作又不打算結婚而告吹的。我想，我沒有資格談戀愛。……這次，我好慶幸妳還單身，願意接受我的任性要求。這份幸福，我會牢記一輩子的。」

聽完他的告白，我的心感到豁然開朗，卻也忍不住放聲大哭。因為我感覺到，我和他的一切終於要結束了，連僅存的思念也將逐漸淡去。

這次，我選讀梁寅的〈浪淘沙・夜雨〉，詞人邀請朋友明天來賞花，沒想到夜裡竟然下起大雨，讓他擔心得輾轉難眠。幸好翌日放晴了，至少還能一起聆聽鶯啼聲。雖然曾滿懷擔心，但最後選擇隨遇而安。我很喜歡這樣的生活態度，因為生命所賜予的幸福，時常出人意料之外，像是我和亞翔重逢一事就是如此。

真希・七月

68 水龍吟

雞鳴風雨瀟瀟

劉基

雞鳴風雨瀟瀟，側身天地無劉表。
啼鵑迸淚，落花飄恨，斷魂飛繞。
月暗雲霄，星沉煙水，角聲清裊。
問登樓王粲，鏡中白髮，今宵又添多少。

極目鄉關何處，渺青山髻螺低小。
幾回好夢，隨風歸去，被渠遮了。
寶瑟弦僵，玉笙指冷，冥鴻天杪。
但侵階莎草，滿庭綠樹，不知昏曉。

劉基（1311～1375）

字伯溫。自幼聰穎，精通天文地理、兵法數學。元朝時，曾任江西高安縣丞、江浙省元帥府都事等職，因不滿元朝腐敗而辭官。之後，成為朱元璋的謀臣，參與滅元。明王朝成立後，曾任御史中丞兼太史令、弘文館學士等職。

一注釋一

一行一**瀟瀟**：風狂雨驟的樣子。／**側身**：廁身，置身。／**劉表**：東漢末年的割據軍閥，由漢廷授封官銜「荊州刺史」、「鎮南將軍」等。在此代指禮賢下士的明主。

二行一**鵑**：指杜鵑鳥。初夏時常晝夜不停啼叫，叫聲類似「不如歸去」。相傳為商周至春秋時代之間的古蜀君主杜宇之魂所化。／**迸**：湧出。／**斷魂**：極度悲傷到好像失去魂魄。

三行一**雲霄**：雲朵飄浮的高空。／**煙水**：霧靄迷濛的水面。／**角聲**：畫角之聲。畫角為傳自西羌的樂器，形如牛、羊角，表面彩繪裝飾，吹奏時發出嗚嗚聲。／**清裊**：清亮悠揚。

四行一**登樓王粲**：東漢末年的文學家，曾作《登樓賦》抒發懷才不遇的苦悶。／**今宵**：今夜。

五行一**極目**：放眼遠望。／**鄉關**：故鄉。／**渺**：模糊不清。／**髻螺**：婦人頭上盤成螺形的髮髻，指山峰。

六行一**歸去**：回去。／**渠**：他，指第三人稱。在此指青山。／**遮**：阻擋、攔阻。

七行一**寶瑟**：瑟的美稱。／**玉笙**：飾玉的笙，亦為笙之美稱。／**冥鴻**：高飛的鴻雁。／**天杪**：天邊。

八行一**莎草**：一種多年生草本植物。

＊賞讀譯文請見二三三頁

真希：

這些之後，妳真的能夠心甘情願的放下亞翔，不再頻頻回首了嗎？

這次，我選讀劉基的〈水龍吟〉，詞中描寫處在亂世裡，不知自己和國家的未來將走向何處的迷惘心情。這情境應該跟先前的妳很相似吧？而現在，妳已經穿出這片迷霧，看到未來的方向了嗎？如果妳真能灑脫地放下，也不失為好事一樁。（畢竟，這筆「爛帳」實在拖太久了……）說不定，在這之後，妳能遇到真正對的人。（不過，妳對愛情還有期待嗎？）

在這次的暑假，我決定要教女兒做料理，還把「課表」都排好了。我打算在週末教她，並要求她週間和爸爸一起在家時，至少找一天練習一次。我覺得會做料理，真的能為生活增添很多樂趣，從構思菜單、採買食材到烹煮的過程，都可以在基礎原則上盡情發揮創意，菜色變化比外食還要豐富。

小時候，我經常照著報紙上的食譜來做料理；在家政課學會什麼料理，也會做給家人吃；現在，則是有購買食譜的癖好。我最喜歡做燉煮類料理，烤箱料理的成功率也很高，唯一就是油炸料理幾乎不做，偶爾從外面買來吃一吃，過過癮就好。

妳也有在下廚嗎？還是都外食呢？

明晴·七月

69 菩薩蠻

水晶簾外娟娟月

楊基

水晶簾外娟娟月，梨花枝上層層雪。
花月兩模糊，隔窗看欲無。
月華今夜黑，全見梨花白。
花也笑姮娥，讓他春色多。

楊基（1326～1378）
字孟載，號眉庵。元末，曾入張士誠幕府。明初為滎陽知縣，累官至山西按察使，後被讒奪官，罰服勞役，死於工所。因《岳陽樓》一詩，被稱為「五言射雕手」。與高啟、張羽、徐賁為詩友，時人稱「吳中四傑」。

一注釋一

一行一娟娟：美好，柔美。
三行一月華：月光，月色。
四行一姮娥：嫦娥，亦指月亮。

＊賞讀譯文請見二三四頁

明晴：

剛出社會時，我曾試著自己做便當。不過，一個人的料理實在很難準備，經常一不小心就煮一大鍋，得連吃一整個星期才吃得完，放到最後都不新鮮了，吃起來還滿噁心的。所以，我的早、午餐都是外食，晚餐大多是煮簡單的麵料理；至於假日，則會做各種不同口味的菜肉炊飯。總之，只求營養均衡的填飽肚子就好，口感及風味變化就不強求了。

至於亞翔，他後來還半開玩笑地對我說：「如果十年後我們都還沒有嫁娶的話，就結婚吧，怎麼樣？」讓我忍不住狠狠地瞪了他一眼，直接拒絕：「不要，我不要這種耦斷絲連的關係。」在那一瞬間，我有種「受夠了，不要再這樣繼續下去」的感覺。我想，我跟他是真的到盡頭了吧。

至於會不會再談戀愛，就看緣分了。不過，我已經有單身一輩子的心理準備。（這樣看來，好像等亞翔十年也沒什麼關係，但我不想再把自己拘禁在他身邊了……）

對了，我在這次的旅行中，竟然又遇見那位康佳泰記者。我和亞翔到旅館附設的餐廳吃晚餐時，他正好結束採訪，準備坐下來用餐。我們只打聲招呼，簡單聊幾句。偶然相逢這麼多次，實在太有緣了。要是下次再遇見他，我真想跟他好好聊一聊。

這次，我選讀楊基的〈菩薩蠻〉。夜裡，明月和梨花在比美，幾乎不分上下；而在明月被雲遮蔽住時，梨花依然耀眼奪目，似乎略勝明月一籌。讀起來有兩個孩子在意氣相爭的感覺，真是可愛又有趣。

真希‧八月

70 月夜登閶門西虹橋

文徵明

白霧浮空去渺然，西虹橋上月初圓。
帶城燈火千家市，極目帆檣萬里船。
人語不分塵似海，夜寒初重水生煙。
平生無限登臨興，都落風欄露楯前。

文徵明（1470～1559）
原名壁，字徵明，後以徵明為名，並更字徵仲；號衡山居士。以書畫享盛名。多次落第，五十四歲時經推薦及考核後，擔任翰林院待詔，但四年後便因不喜官場文化而辭官，潛心研究詩文書畫。

一注釋一

題**一閶門**：蘇州西北面的城門，附近曾經繁華的商業區，俗稱吳門。

一行**一渺然**：因遠而形影模糊以至消失。

二行**一極目**：放眼遠望。／**帆檣**：船上掛帆的桿子。

三行**一人語不分**：人多到無法分辨誰是發言者。

四行**一平生**：一生。／**登臨興**：登山臨水的興味。／**楯**：欄杆。

＊賞讀譯文請見二三四頁

真希：

妳和康記者的緣分真有趣。妳手上應該有他的名片吧？何不主動聯絡他呢？

沒想到，亞翔竟然想跟妳做這種曖昧不明的約定。不管妳對他而言是食之無味，棄之可惜的雞肋；抑或是他真的很在乎妳，又說不出希望妳等他十年的話，只好用這種間接的方式，都是很自私的行為。還好妳拒絕了，沒有傻傻的答應他。我真想開瓶香檳為妳慶祝呢！

我妹在前幾天舉行婚宴，剛好有剩幾瓶香檳，下回見面時，我們再開來喝吧。妳最近何時會回中部呢？舉辦國中同學會的那週嗎？

對了，亞翔打算什麼時候回日本？妳會一直陪他到回日本為止嗎？

這次，我選讀文徵明的〈月夜登閶門西虹橋〉，詞人雖描寫了「帶城燈火千家市，極目帆檣萬里船」的熱鬧景象，但筆調卻是疏離而沉靜的，旁觀這一切，卻不涉入，頗有淡看繁華人間的意味。

我現在也很珍惜平凡的幸福。跟女兒一起做料理（她超喜歡做甜點的），陪兒子一起玩黏土、堆積木，總是充滿樂趣，就算是生氣動怒的時候，也十分珍貴，讓人忍不住奢望時光能永遠停在這些時刻。

明晴・七月

71 一剪梅

雨打梨花深閉門

唐寅

雨打梨花深閉門，忘了青春，誤了青春。
賞心樂事共誰論，花下銷魂，月下銷魂。
愁聚眉峰盡日顰，千點啼痕，萬點啼痕。
曉看天色暮看雲，行也思君，坐也思君。

唐寅（1470～1524）
字伯虎，後改字子畏，號六如居士、桃花庵主、魯國唐生、逃禪仙吏等。出身商賈家庭，三十歲時進京會試，被誣涉及洩題案，從此絕意仕途，漫遊華中、江南各地，以賣文、畫聞名天下。

注釋

一行—**雨打梨花深閉門**：出自宋代李重元〈憶王孫‧春詞〉的末句。／**青春**：指春天，也是青年時期。

二行—**賞心樂事**：愉悅的心情和歡樂的事情。／**共**：跟、和。／**銷魂**：哀傷至極，好像魂魄離開形體而消失。

三行—**盡日**：一整天。／**顰**：皺眉。／**啼痕**：淚痕。

四行—**曉**：清晨。／**暮**：傍晚。

＊賞讀譯文請見二三五頁

明晴：

這次開同學會的日期，離中秋節太近，我可能會到中秋節那週才回家。我還在考慮，等確定後再跟妳說。至於康記者的名片，留在弘宇那裡了，我手邊沒有。

亞翔創作的動畫電影劇本和初步分鏡差不多快完成了，他打算在中秋節後前往日本。在剩下的這一個多月裡，我們還是會繼續「情侶」的相處模式；若要比喻的話，應該類似即將在畢業後分道揚鑣的同班好友，珍惜最後一段相處時光的心情吧。

這次，我選讀唐寅的〈一剪梅〉，詞中以反覆出現的字句，表現緊纏胸臆、盤旋不去的相思之情，從詞意到節奏都十分貼切。上次與亞翔分手後，我待在這樣的情境中長達數年，如今看來卻恍如隔世，我想，因為是在旅途中跟亞翔深談過，讓我徹底頓悟了自己想要的理想伴侶生活是什麼模樣吧。我希望，我們能在各自保有自我的同時，愉悅地共享生活。若我和亞翔在一起，只能做到他保有自我而已。看清這點後，我的心情就豁然開朗了。

作詞人唐寅，就是大家熟知的唐伯虎。《唐伯虎點秋香》這齣戲劇，是以他擔任江西南昌寧王朱宸濠的幕賓時，因發現寧王謀圖造反，便故意飲酒狎妓、裝瘋裸露，逼寧王放他回蘇州一事為背景，並以其第三任妻子沈九娘的名字，附會出他娶了九個老婆。電影中的唐伯虎形象深深刻印在人們心中，讓後人無法認識真正的唐寅；感覺就像當今的藝人多被謠言遮蔽了最真實的自己。如果我是他的話，一定會想要替自己平反的。

真希・八月

72 謁金門・五月雨

陳子龍

鶯啼處，搖盪一天疏雨。
極目平蕪人盡去，斷紅明碧樹。
費得爐煙無數，只有輕寒難度。
忽見西樓花影露，弄晴催薄暮。

陳子龍（1608～1647）初名介，字臥子、懋中、人中，號大樽、海士、軼符等。與李雯、宋徵輿共創雲間詞派。曾任紹興推官。明亡後，在太湖結兵準備抗清，因事跡敗露被捕後，投水自盡。

注釋

二行—**極目**：放眼遠望。／**平蕪**：草木叢生的曠野。／**盡**：全部，都。／**斷紅**：殘剩的紅花。／**明**：使明顯、清楚。

三行—**費**：消耗。／**爐煙**：爐火。／**輕寒**：微寒。／化用自宋代周邦彥《滿庭芳・夏日溧水無想山作》的「地卑山近，衣潤費爐煙」，古時的富貴人家會點爐香來除濕。

四行—**弄晴**：指花影在晴天下戲耍。／**薄暮**：傍晚。

＊賞讀譯文請見二三六頁

真希：

很高興妳終於看清楚了。我想，不管妳之後是單身還是有人陪伴，生活步調一定都會更加自在開闊的。

陳子龍的這首〈謁金門・五月雨〉很適合用來形容妳的情況，「搖盪一天疏雨」後，「忽見西樓花影露，弄晴催薄暮」，總算是雨過天晴了。實際上，這首詞描寫的是梅雨季裡忽晴忽雨的情景，而這句「費得爐煙無數，只有輕寒難度」確實傳達了該時節裡那種多雨、全身黏膩潮濕的感覺。而我最喜歡的還是最後一句，感覺充滿了希望與活力，還有些微的喜悅。

這次的颱風風力實在強勁，把我們家屋頂的遮雨棚吹壞了，鎮上也有很多路樹和電線杆被吹倒，整整停水及停電兩天。就算回娘家或婆家，都是一樣的情況。還好附近有汲水幫浦可以提水回來沖馬桶，讓家裡不至於臭氣沖天。偶爾體驗一下這種克難的生活，除了能體會到水和電的珍貴外，也會發現我們真正需要用到的水電量遠比每天實際使用的還要少，平時實在太揮霍無度了。這對孩子是滿好的機會教育（雖然兒子還小，印象也許不深……）。

我兒子最近已經很會講話了，常跟大女兒一搭一唱的，也很喜歡跟在大女兒的屁股後面，當然吵架也沒少過。我通常都放任他們自己解決，要是鬧到我面前來，就是不管誰對誰錯，先分開玩一小時之後再說。有時，連他們自己都忘了為什麼會吵架呢。

明晴・八月

73 玉樓春·白蓮

娟娟片月涵秋影，低照銀塘光不定。
綠雲冉冉粉初勻，玉露泠泠香自省。
荻花風起秋波冷，獨擁檀心窺曉鏡。
他時欲與問歸魂，水碧天空清夜永。

王夫之

王夫之（1619～1692）字而農，號薑齋、夕堂。晚年隱居石船山，自署船山病叟、南嶽遺民，學者稱之船山先生。曾參與抗清活動，之後專於著書，有《周易外傳》、《黃書》、《尚書引義》、《永曆實錄》、《春秋世論》、《讀通鑒論》、《宋論》等書。研究領域包括天文、曆法、數學、地學，專精於經、史、文學，總結古代唯物主義思想。

注釋

一行—**娟娟**：皎好柔美的樣子。／**片月**：弦月。／**涵**：包容、容納。／**秋影**：秋日的形影。

二行—**綠雲**：指蓮葉。／**冉冉**：柔軟低垂的樣子。／**粉初勻**：指蓮花像剛擦上脂粉的女子。／**玉露**：晶瑩如玉的露水。／**泠泠**：清涼。／**自省**：自知。

三行—**荻花**：生長在水邊的草本植物，似蘆葦，於秋季開紫花。／**檀心**：檀紅色的花蕊。／**曉鏡**：明鏡，指清澈的水面。

四行—**他時**：指將來。／**歸魂**：蓮花魂魄歸處。／**天空**：天際空闊。／**清夜**：寂靜的夜晚。／**永**：漫長。

*賞讀譯文請見二三六頁

明晴：

我已經聽說颱風天的狀況了。我哥為此還趕緊開車接我爸媽到他家住，避免他們倆發生危險。妳家現在應該都恢復正常了吧？我家因為房子過於老舊，一直有下大雨就會漏水的狀況，這次我哥決定找人來抓漏，徹底解決這個問題。

這幾天，亞翔說了讓我沉思很久的話。他說，他一直覺得我有說故事的天賦。之前，他不希望影響我的職涯選擇，所以沒說出來，但經過這麼多年後，他還是覺得不吐不快，便告訴了我。這讓我回想起之前幫 i 冰設計吉祥物及創作四格漫畫的事，那時我真的很樂在其中。

不過，我並不後悔自己所做的選擇，畢竟我心中沒有非說不可的故事。有很多創作者（包括亞翔也是），都是被內在的某股力量推動而不得不創作，就算理智上想喊停，也停不下來。這陣子待在亞翔身邊，我更加明確地感受到這一點。

王夫之的〈玉樓春．白蓮〉，描寫了始終孤芳自賞的白蓮，最後魂魄不知歸何處的情境，很適合用在熱中創作的人們身上。「玉露泠泠香自省」、「獨擁檀心窺曉鏡」，這些人總是懷著對自身才華的信仰，持續努力下去；就算直到香消玉殞前都無人賞識，仍舊不悔。

我沒有這麼強烈的創作欲，卻隱約有些心動。或許，我會試著多想想這方面的事。畢竟，單身生活的空閒時間滿多的，找件自己喜歡的事來玩玩，也不錯。

真希．八月

74 蝶戀花・和少游

王士禛

啼碎春花鶯燕語。
一片花飛，又是天將暮。
欲乞放晴春不許，黃昏更下廉纖雨。

春去應知郎去處。
好屬春光，共向郎邊去。
畢竟春歸人獨住，淡煙芳草千重路。

王士禛（1634～1711）

字子真、貽上、豫孫，號阮亭、漁洋山人。出生在明朝官宦家庭。清順治時，因秋柳四首而聞名天下。曾任揚州推官、禮部主事、國子監祭酒、左都御史等職。詩與朱彝尊並稱。

—注釋—

題—**少游**：即秦觀。本詞所和的是〈蝶戀花・曉日窺軒雙燕語〉。

二行—**暮**：傍晚、黃昏。

三行—**乞**：求、討取。引申為希冀、盼望的意思。／**廉纖**：微小、纖細。

五行—**屬**：通「矚」，囑託、囑咐。／**共**：一起、一同。

六行—**畢竟**：最終。／**千重**：指千層，層層迭迭。

＊賞讀譯文請見二三七頁

真希：

我沒看過妳創作的故事，無法說什麼感想。不過，若這是妳做起來很開心的事，就盡情去做吧。記得妳之前也曾提過，自己有「藝術家那種只想做自己喜歡的事的性格」，對吧？妳還說過，覺得自己「有種想要完成某件事的渴望」，說不定現在就是找出這件事的契機。我一直希望我的孩子也能找到自己熱中的事，因為只要擁有熱情，就能夠把所有挫折轉化為促進自己成長的力量。

其實，我向來不是那種會自討苦吃的人，也沒什麼冒險犯難的精神，一直認為「追求快樂」是人生最重要的事。但我認為的「快樂」可不是縱慾和懶散閒晃，而是在心安理得的狀態下，做自己喜歡做的事，享受生活的每一部分；對於自己不喜歡的事，則不勉強自己去碰。

這次，我選讀王士禛的〈蝶戀花・和少游〉，詞人唱和的是秦觀的〈蝶戀花〉：「曉日窺軒雙燕語，似與佳人，共惜春將暮。屈指豔陽都幾許，可無時霎閑風雨。／流水落花無問處，只有飛雲，冉冉來還去。持酒勸雲雲且住，憑君礙斷春歸路。」（九八頁）每個韻腳都使用同樣的字，背景同樣在多雨的春日，秦詞希望雲能留住春，王詞則是想隨春到郎君的去處，而結局同樣都淪為虛幻妄想。對照賞讀，讓人覺得文學創作的變化性實在無窮盡。

明晴・八月

75 生查子

惆悵彩雲飛　納蘭性德

惆悵彩雲飛，碧落知何許。
不見合歡花，空倚相思樹。
總是別時情，那得分明語。
判得最長宵，數盡厭厭雨。

納蘭性德（1655～1685）

原名成德，為避太子名諱而改為性德。字容若，滿洲正黃旗人。家世顯赫，文武兼修，二十二歲時補考殿試，受賜進士出身。與徐乾學一同編著《通志堂經解》，並擔任康熙御前侍衛。因首任妻子早逝而寫有許多悼亡詞。三十歲時因急病過世。與朱彝尊、陳維崧並稱「清詞三大家」。

注釋

一行－**惆悵**：悲愁、失意。／**彩雲**：絢麗的雲彩。／**碧落**：天空，青天。源自道教，認為東方第一層天碧霞滿空，叫做「碧落」。／**何許**：何處。

二行－**合歡花**：又名紅粉樸花、紅絨球、馬纓花。含羞草科、合歡屬植物。夏季開花，花瓣不顯著，但雄蕊細長且多條，為下白上粉紅。另外，合歡有男女交歡之意。／**空**：徒然。

三行－**那得**：怎能。／**分明**：清楚、明白。

四行－**判**：拚，拚命。／**夜晚**：宵。／**盡**：完畢。／**厭厭**：微弱、虛弱。

＊賞讀譯文請見二三七頁

明晴：

我幫弘宇畫的那些四格漫畫，都有拍下來做紀念，前幾天我也拿給同事杏娟看，並跟她提及亞翔說的話。（我們倆雖然是大學同學，卻從來沒有同組做過作品，對彼此的強項都不是很清楚。）杏娟說：「我倒覺得，不必管有沒有才華這件事，熟能生巧，有些東西是熟練之後才會迸出靈感的，妳就試試看，放輕鬆玩吧。」她還提到，意瑄也在自己的部落格上將她們倆的相處點滴畫成漫畫。（意瑄從事平面設計工作，也很會畫畫。）

話雖如此，我卻一點想法都沒有。為了尋找靈感，我最近很常逛書店，翻翻那些自己感興趣的圖文書及漫畫書。不過，我並不心急，也沒有非要出版什麼作品的想法，只是探尋一個新的可能。但是，都已經三十多歲了，才來找尋新夢想，會不會有點晚了……

這次，我選讀納蘭性德的〈生查子〉，詞中非常直白地描寫相思之情，一看就可領會，而最虐心的，莫過於詞中人在夜裡回想分離時的情景，並細數雨滴的畫面。就算是斷斷續續的細雨，也不可能數清楚的，詞中人會這麼做，是為了表達深陷相思泥沼，始終走不出來的困境？或是想將自己的注意力從思念裡拉出來呢？

真希・九月

76 蝶戀花

辛苦最憐天上月

納蘭性德

辛苦最憐天上月，一昔如環，昔昔長如玦。
若似月輪終皎潔，不辭冰雪為卿熱。
無那塵緣容易絕，燕子依然，軟踏簾鉤說。
唱罷秋墳愁未歇，春叢認取雙棲蝶。

注釋

一行－**辛苦**：辛勤勞苦。／**昔**：夕，夜晚。／**環**：指滿月。／**玦**：有缺口的玉環，指不圓的月亮。

二行－**月輪**：指滿月。／**卿**：你的暱稱。／**不辭**：不推卻、不躲避。／**不辭冰雪為卿熱**：引用《世說新語．惑溺》的典故：「荀奉倩與婦至篤，冬月婦病熱，乃出中庭自取冷，還以身熨之。」

三行－**無那**：無奈。／**塵緣**：塵世的因緣。／**軟**：輕。／**軟踏簾鉤說**：引自唐代李賀〈賈公閭貴婿曲〉的「燕語踏簾鉤」，指輕輕踏在簾鉤上呢喃細語。

四行－**秋墳**：指悼亡詩，引自唐代李賀〈秋來〉的「秋墳鬼唱鮑家詩」。／**春叢**：春天的花叢。／**認取**：辨認，認得。取為助詞。／**雙棲**：成雙棲息。

＊賞讀譯文請見二三八頁

真希：

我認為不必介意「年紀」這件事。以平均壽命八十歲來說，我們倆還有四十年以上的日子得過，怎麼能一副「人生已成定局」的態度呢？當然，人生無常，所有的幸福都可能突然中斷；隨著年紀增長，身體逐漸老化，也會有行動不便、視力模糊，甚至腦筋不靈光的情況。所以，在考慮未來的同時，也要把握當下。

最近，我在偶然間認識了「摩西奶奶」號人物，她在七十多歲時因關節炎而放棄刺繡，開始繪畫。後來，她的畫作受到收藏家的賞識與推介，並在八十歲那年成為紐約家喻戶曉的畫家。她有幾句名言：「做你喜歡做的事，上帝會高興地幫你打開成功之門，哪怕你現在已經八十歲了。」、「你要相信，你最願意做的那件事，才是你真正的天賦所在。」我很喜歡，跟妳分享嘍。

這次，我選讀納蘭性德的〈蝶戀花〉，是詞人悼念亡妻之作。從「若似月輪終皎潔」及「春叢認取雙棲蝶」等句，都可感受到詞人對亡妻的想念、期盼成雙的渴望，只可惜事與願違。

之前聽到鄭進一的〈家後〉這首歌時，我和先生也討論過誰先走的事。雖然實際上我們無法決定誰先走，但至少可以先做好「預立醫療自主計畫」。我們都傾向在病危時不接受心肺復甦術及維生醫療，接受自然死亡，希望至少在最後一刻仍保有尊嚴。

明晴‧九月

77 菩薩蠻

為春憔悴留春住

納蘭性德

為春憔悴留春住，那禁半霎催歸雨。
深巷賣櫻桃，雨餘紅更嬌。
黃昏清淚閣，忍便花飄泊。
消得一聲鶯，東風三月情。

—注釋—

一行—**那禁**：怎麼受得了。／**半霎**：非常短暫的時間。／**催歸雨**：催春歸去的雨。

二行—**雨餘**：雨後。／**紅**：指櫻桃。／**嬌**：嬌豔。

三行—**清淚**：眼淚。／**閣**：此處通「擱」，指留，含著。／**忍便**：不忍。

四行—**消得**：消受、承受。／**東風**：春風。

＊賞讀譯文請見二三八頁

明晴：

謝謝妳分享的名言，我也很喜歡。

我最近從箱子裡把大學時創作的劇本及動畫作品翻找出來，重新回味一下。相隔十年，由現在的我來看這些作品，已能清楚看出那些生澀及有趣之處了。先設定好人物的性格及背景，然後想像出一個又一個故事，那種開心的感覺，我都快忘了。

對了，當初幫i冰設計吉祥物——小艾和克寶時，我也樂在其中。只可惜我為它們想好的那些故事，沒有機會畫出來了。雖然嚴格來說，它們的版權屬於我，但這畢竟是特地為i冰設計的，就讓它們繼續待在那裡，直到被撤換下來為止吧。

我最近已經有一些想法，想要設計不同口味及奶油花形狀的杯子蛋糕人，來畫一系列的四格漫畫。不過，四格漫畫的故事通常是片段、不連續的，但我希望創作出像影集那樣，各自獨立，但又有一些連貫之處的故事。

這次，我選讀納蘭性德的〈菩薩蠻〉，是一首留戀春天的詞，情緒直接、簡單、純粹，像是有感而發地直抒胸臆。雖然清末民初評論家顧隨認為，這首詞因用了「深巷賣櫻桃」而有新鮮感，卻沒有回甘之味。但我覺得，簡單也有另一種動人的美。

真希・九月

78 清平樂

將愁不去

納蘭性德

將愁不去，秋色行難住。
六曲屏山深院宇，日日風風雨雨。
雨晴籬菊初香，人言此日重陽。
回首涼雲暮葉，黃昏無限思量。

—注釋—

一行—**將**：攜帶。／**秋色**：秋日景色。／**住**：停留。

二行—**六曲屏山**：曲折的屏風。／**宇**：泛指屋簷。

三行—**雨晴**：雨過天晴。／**籬菊**：竹籬旁的菊花。出自晉代陶淵明的〈飲酒詩〉：「採菊東籬下。」

四行—**涼雲**：陰涼之雲。／**暮葉**：暮色中的樹葉。／**思量**：惦記、思念。

*賞讀譯文請見二三九頁

真希：

太好了，很期待看到妳的作品。妳應該會發表在部落格或臉書上吧？

可惜妳沒辦法來參加同學會。今年的同學會裡，又多了好幾個小朋友（妳有看到臉書社團上的照片吧？）。我很喜歡觀察他們的長相和個性比較像爸爸或媽媽，總覺得基因遺傳真是有趣又奧妙。不過，有時孩子的行為舉止是受到爸媽的耳濡目染影響所致。像是之前，我常聽到女兒說：「那就這樣吧。」本以為她是在學校裡跟同學學來的，直到某天我突然發現自己也迸出這句話，才意會到原來她是學我的。透過女兒，才發現自己原來有某些講話習慣，還挺好玩的。

最近已經入秋了，卻一點都沒有秋涼的感覺，天氣熱得像炎夏，若只穿短袖，一到傍晚又會覺得涼得刺骨，若添上外套又會熱得流汗……在這種難以應付的冷熱溫差變化下，我的兩個孩子都感冒了，就連我也快「陣亡」，全家人都在休養中。

我們繼續來賞讀納蘭性德的詞吧，這首〈清平樂〉是在重陽節所寫的感懷之作，但並未言明所指的「愁」是什麼。不過，重陽節也是家人團聚的日子，詞人獨居「六曲屏山深院宇」，或許是為了無法與某人相聚而感嘆吧。

明晴‧九月

79 謁金門・七月既望湖上雨後作

厲鶚

憑畫檻，雨洗秋濃人淡。
隔水殘霞明冉冉，小山三四點。
艇子幾時同泛，待折荷花臨鑑。
日日綠盤疏粉豔，西風無處減。

厲鶚（1692～1752）

字太鴻、雄飛，號樊榭、南湖花隱等。家境貧寒，曾考進士不第。以詩聞名，亦是浙西詞派集大成者。性喜出遊吟詩，足跡踏遍各地名山。博覽群書，著作豐富，有《宋詩紀事》一百卷、《遼史拾遺》二十四卷、《樊榭山房集》二十卷、《南宋院畫錄》八卷等。

—注釋—

題—**既望**：農曆的十六日。

一行—**憑**：倚靠。／**畫檻**：畫欄，有畫飾的欄杆。／**人淡**：人心淡泊。

二行—**殘霞**：殘餘的晚霞。／**冉冉**：緩慢行進的樣子。

三行—**艇子**：小船。／**泛**：漂浮。／**臨鑑**：面對鏡子，鑑代指水面。

四行—**綠盤**：荷葉。／**粉豔**：荷花。／**無處**：沒有任何地方。

＊賞讀譯文請見二三九頁

明晴：

在中秋節假期看到妳的兩個孩子，真的長好大了。看著他們，讓我深刻感受到什麼是「時光匆匆、歲月不饒人」，也感慨自己的虛擲光陰、一事無成。（雖然我哥的孩子也長大很多，但因為經常見面，感覺不到那些細微的改變，衝擊感沒有這麼強烈。）對了，我弟的孩子在前幾天出生了，是個胖嘟嘟的男寶寶，跟我弟小時候長得一模一樣。基因遺傳就跟妳說的一樣，真的很奧妙。

亞翔最近回老家住了一個月，這幾天才到臺北找我。他下星期就要回日本了。我原本以為自己已經看開了，沒想到，不捨的情緒還是這麼濃烈，獨自一人時，總是忍不住就流下淚來。

但當亞翔問我，我們倆以後要維持什麼樣的關係時，我回答：「默默關注彼此就好，不必保持聯繫；除非不期而遇，否則別再見面了。」聽起來很絕情吧？但我真的想徹底告別這段關係，不再心懷任何期待。（畢竟，我還是喜歡他的……）

這次，我選讀厲鶚的〈謁金門·七月既望湖上雨後作〉，上片的雨後風景淡泊恬然，下片則流露出等盼不到友人的淡淡哀愁，整首詞一如微涼的秋風吹過人心。厲鶚是個博覽群書，喜歡遊山玩水、創作詩詞與著書立說的文人，雖然曾參加科舉考試，實則無心仕進，一生都沉浸在他喜歡的世界裡，才華亦備受肯定，但代價卻是一生貧困。不過，這樣的人生也算是幸福的吧。

真希·十月

80 山行雜詩

山雲才滃起，頃刻雨點飄。
乃知雲變雨，不必到層霄。
只在百丈間，即化甘澍膏。
君看雲薄處，曦影如隔綃。
自是此雨上，仍有赤日高。

趙翼

趙翼（1727～1814）

字雲崧、耘崧，號甌北、裘萼、三半老人。中進士後，曾任廣西鎮安知府、廣州知府、貴州貴西兵備道道員等職。因處理海盜案被彈劾及降級，不久即辭官，歸隱民間，以著述自娛，並主講安定書院。著有《廿二史箚記》三十六卷等書。

—注釋—

一行—**滃**：雲氣湧起的樣子。／**頃刻**：形容極短的時間。

二行—**層霄**：高空。

三行—**甘**：美好的。／**澍**：及時的雨。／**膏**：潤滑、潤澤。

四行—**曦**：日光、日色。／**影**：人、物的形象或圖像。／**綃**：用生絲織成的絲織品。

五行—**自是**：自然是；原來是。／**赤日**：烈日。

*賞讀譯文請見二四〇頁

真希：

我倒覺得，上次見面時，妳看起來神清氣爽的。我想，這或許是妳跟亞翔之間糾纏多年的心結已經解開的緣故吧。只是，無論要向誰道別，都不是件容易的事；就算那人與妳的關係極為惡劣亦是如此。所以，心情會低落是很正常的。

我是在一位鄰居婆婆的喪禮上，體會到這一點的。那位婆婆和媳婦一向處得不好，我經常聽到媳婦抱怨婆婆如何刁難她。但在婆婆的喪禮上，媳婦卻傷心地嚎啕痛哭。我想，就算是對再討厭的人，還是有情感的；即便看不慣那人的許多行為，在分離時回想起的，都會是兩人相處時那些堪稱愉快或平靜的時光。（再怎麼樣，也不可能時時刻刻劍拔弩張吧！）

這次，我選讀趙翼的〈山行雜詩〉，是一首描寫地形雨的詩。看到水氣聚攏在山間，不一會兒就形成雲並下起雨來，才知道原來雲不是在高空才會變成雨，而是在百丈高的地方就能化為及時雨。陽光從雲層的稀薄處穿透過來，就像隔著一層絹紗，可知雨的上方還高掛著太陽。

從現代人的眼光來看，或許會覺得這是很普通的常識，不足為奇。然而，當親眼看見且親身體驗到這些變化時，總會讓人對大自然的力量升起敬畏之心。我還記得，幾年前到日本洞爺湖旅遊時，原本天氣晴朗無雲，忽然間就從後方飄來一片烏雲，隨即便颳強風、下暴雨的經歷。我原以為天氣的變化是緩慢漸進的，沒想到竟會如此劇烈，實在讓我驚訝不已。

明晴・十月

81 秋夜

黃景仁

絡緯啼歇疏梧煙，露華一白涼無邊。
纖雲微蕩月沉海，列宿亂搖風滿天。
誰人一聲歌子夜，尋聲宛轉空臺榭。
聲長聲短雞續鳴，曙色冷光相激射。

黃景仁（1749～1783）字漢鏞、仲則，號鹿菲子。宋朝詩人黃庭堅後裔。家境清貧。郡試第一，但鄉試多次不中，浪遊各地求生計，一生窮困潦倒，三十五歲時因病過世。富詩名，著有《兩當軒全集》。

注釋

一行—**絡緯**：一種類似蚱蜢、蟋蟀的昆蟲，常在夏季的夜晚振翅作聲，聲音近似紡絲聲，又稱為「絡絲娘」、「莎雞」。／**疏梧**：葉子稀疏的梧桐樹。／**露華**：露水。／**一白**：一片潔白。

二行—**纖雲**：纖細的卷雲。／**列宿**：眾星。

三行—**子夜**：晉代樂曲的曲名，曲調哀怨。／**宛轉**：形容聲音抑揚動聽。／**臺榭**：「臺」是高而平的方形建築物，「榭」是臺上有屋，泛指樓臺等建築物。

四行—**曙色**：天剛亮時的天色。／**冷光**：水面的冷光。／**激**：強烈的。

＊賞讀譯文請見二四〇頁

明晴：

亞翔已經回日本了。本來我想要去機場送行，做正式的道別，但亞翔拒絕了。他說，不喜歡這麼刻意的道別場面。不過，他離開的那天，我也沒有去上班，請了一天假，坐公車繞了北海岸一圈後，就在淺水灣的海濱咖啡館裡發呆。我沒有哭，但也笑不出來；腦中一片空白，連回憶也湧不上來。我想，我需要的是一段完全靜默的時光，來為這段日子徹底畫下句點。

不過，別擔心，我隔天就恢復正常生活了。因為他不在身邊的日子，我已經過好幾年，早就習慣了。

對了，亞翔在離開前對我說，他能感覺到我對現在這份工作的喜愛，認為我的選擇沒有錯；不過，他希望我別因此就限制自己不能做什麼，可以利用閒暇時間創作一些故事。老實說，我覺得最嘔的一件事，是自己的志向完全受到他的影響，似乎我非得與他相遇不可，否則無法找到自己的發展方向……

這次，我選讀黃景仁的〈秋夜〉，正適合這個季節欣賞。詩中以「月沉海」、「列宿亂搖」和「曙色」帶出時間的變化，暗喻一夜無眠的情況。「子夜」不僅是曲名，也貼合時間點及哀愁的情緒，手法很巧妙。「纖雲微蕩月沉海，列宿亂搖風滿天」恰巧跟我那天在淺水灣看到的景致很相似，只不過，我看的是日落，而非月落，且還多了迷人的晚霞色彩變化。

真希・十月

82 樓上對月

飄飄白袷當回風，三五月照高樓空。
一城露瓦高下白，幾處已滅窗燈紅。
病怯臨窗倦憑几，苦被鐘聲促人起。
樓頭皓魄已天中，郭外青山如夢裏。
濛濛薄霧蒼蒼煙，山意亦如人可憐。
一絲清氣共來往，星辰自動高高天。
風景依稀似前度，此間恍是高寒處。
夜深誰念朗吟人，願化遼東鶴飛去。

黃景仁

—注釋—

一行—**白袷**：白色夾衣（有內裡有面的雙層衣服）。／**當**：當著，迎著。／**回風**：旋風。／**三五**：農曆十五日。

二行—**露瓦**：沾露水的瓦。／**高下**：天空下。

三行—**怯**：害怕。／**憑**：靠著。／**几**：小或矮的桌子。／**促**：催促。

四行—**樓頭**：樓上。／**皓魄**：明月。／**郭**：城牆外另築的一道城牆，外城。

五行—**濛濛**：雨雪雲霧迷茫的樣子。／**蒼蒼**：無邊無際、空闊遼遠的。／**可憐**：可愛。

六行—**清氣**：清高之氣。／**自動**：顫動。

七行—**依稀**：隱約。／**前度**：前一次。／**此間**：這裡，此處。／**恍**：恍惚。／**高寒處**：指月亮。引自宋代蘇軾的〈水調歌頭〉：「我欲乘風歸去，又恐瓊樓玉宇，高處不勝寒。」

八行—**朗吟人**：原指袁宏（時稱袁虎），在此指作者自己，有受人賞識的期待。《世說新語‧文學》：「袁虎少貧，嘗為人傭載運租。謝鎮西經船行……聞江渚間估客船上有詠詩聲，甚有情致……即遣委曲訊問，乃是袁自詠其所作詠史詩。」／**遼東鶴**：《搜神後記》裡提到，遼東的丁令威離家學道成仙後，就化為白鶴回到家鄉。

＊賞讀譯文請見二四一頁

真希：

我們在這一生中所遇到的每個人，或多或少都會對我們產生影響，更何況是關係這麼密切的人呢？

雖然妳說「很嘔」，但我想，妳心裡是感謝亞翔的吧？感謝他為妳帶來的這一切。希望這次妳和他是真的畫下句點了，也希望妳的心情不再反覆不定，能夠面帶笑容地大步向前走。但如果妳仍有些混亂的心情想說給人聽，還是很歡迎妳寫在信裡。（雖然我還是會雞婆地唸妳幾句……）

這次，我選讀黃景仁的〈樓上對月〉，也是在夜半無眠時所寫的詩。詩中清楚描寫了夜間風景，包含城裡屋舍、郭外青山及高空星月等，映襯著迎風白衣人的虛弱身影，淡淡流露出一股寂靜孤獨感。

〈秋夜〉（一七四頁）裡的情緒是曖昧的，並沒有明指為何感傷。〈樓上對月〉裡則明確寫出「夜深誰念朗吟人，願化遼東鶴飛去」，有著壯志難伸，不如返鄉歸去的感慨。對照黃景仁的生平，就不難理解他為何會寫出這樣的詩了。

但我還是覺得，靠別人來肯定自己的價值是不實在的，「孤芳自賞」或許會給人自以為是的感覺，卻是建立自信的開始。

明晴·十一月

83 賣花聲

秋水淡盈盈

郭麐

秋水淡盈盈，秋雨初晴。
月華洗出太分明。
照見舊時人立處，曲曲圍屏。

風露浩無聲，衣薄涼生。
與誰人說此時情。
簾幕幾重窗幾扇，說也零星。

郭麐（1767～1831）

字祥伯，號頻伽，因右眉全白，又號白眉生。乾隆時，因參加科舉不第，遂絕意仕途，專研詩文及書畫，善篆刻。嘉慶時，講學蕺山書院，與袁枚友好。著有《靈芬館詩集》系列共十二卷、《唐文粹補遺》二十六卷等。

一注釋一

一行一**盈盈**：清澈。

二行一**月華**：月光。／**太**：形容程度極高，多用於肯定方面。

三行一**照見**：從光照中映現。／**舊時**：從前。／**曲曲**：彎曲。／**圍屏**：可以環繞障蔽的屏風，通常有四扇。

四行一**浩**：繁多、眾多。

六行一**零星**：零碎，少量。

＊賞讀譯文請見二四二頁

明晴：

的確，我的心情仍反覆不定，所以讀到這首郭麐的〈賣花聲〉時，實在心有戚戚焉。「照見舊時人立處，曲曲圍屏。」、「與誰人說此時情。簾幕幾重窗幾扇，說也零星。」句句切中我心。

這幾個月跟亞翔同居時，我完全沒想過，在他離開以後，自己要怎麼面對這個曾有他進出的房間。真是太大意了。但若要為此而搬家，似乎又太過刻意，而且也是另一件自找麻煩的事。或許這是上天給我的最後考驗吧。若能在這屋子裡平心靜氣的愉悅度日，才算是真正走出陰影了。

最近，我也突然想起弘宇。他之前也常來我的住處，但或許是因他移情別戀的關係，我很快就能放下他，不再留戀。如今，我們已經分手一年了，偶爾我會覺得自己當初似乎逃得太倉皇，心想是不是該跟他見個面，好好道別才對呢？老是刻意避開 i 冰所在的那條街，也不是辦法。再說，弘宇做的冰淇淋真的很好吃，讓人有點想再嚐一嚐呢。

不過，妳也知道，我向來都是被動隨緣的，很少做出主動聯絡的事。但若有機會在街上碰到他，或許我會走上前跟他聊一聊。

至於我的杯子蛋糕角色，造型還沒有想好。我總覺得直接用杯子蛋糕來當頭和身體，似乎太可愛了，劇情發展會受到限制；但若用杯子蛋糕來當角色的髮型或帽子之類的，特色又不夠明顯。我還在試畫中。

真希．十一月

84 山雨

何紹基

短笠團團避樹枝，初涼天氣野行宜。
谿雲到處自相聚，山雨忽來人不知。
馬上衣巾任沾濕，村邊瓜豆也離披。
新晴放盡峰巒出，萬瀑齊飛又一奇。

何紹基（1799～1873）

字子貞，號東洲，別號東洲居士，晚號蝯叟。出身書香世家，中進士後，曾任翰林院編修、文淵閣校理、國史館提調、四川學政等職。受讒言所害而遭降職後便辭官，講學於山東濼源書院、長沙城南書院，並遊歷各地。工書法。著有《東洲草堂詩集》、《東洲草堂文集》等。

—注釋—

一行—**短笠**：小笠帽。笠為用竹皮或竹葉編成的帽子。／**團團**：形容圓的樣子。／**初涼**：剛開始涼爽。／**野行**：在野外行走。

二行—**谿**：山谷。

三行—**衣巾**：衣服和佩巾（手帕）。／**離披**：紛亂。

四行—**新晴**：剛放晴。

＊賞讀譯文請見二四二頁

真希：

這次，我選讀何紹基的〈山雨〉，是詩人赴貴州擔任鄉試主考官途中所寫的。讀到這首，我就想到趙翼〈山行雜詩〉（一七二頁）的「山雲才滃起，頃刻雨點飄」與〈山雨〉的「谿雲到處自相聚，山雨忽來人不知」，頗有異曲同工之妙。趙詩著重在天空的層次與變化，何詩則著重在地面景觀的細節；相同的是，都有太陽軋一角，展現出山間氣候晴雨變化不定的特色。

我們生活在平地，比較少有機會感受到這種雲霧變化。我熟悉的霧景是，一早醒來，四周就籠罩在濃濃的白霧中，直到太陽逐漸高升，霧才慢慢散開。記得曾有同學一路騎單車來上學，頭髮就像淋雨般完全濕透了；還有公車因此轉錯彎，開進小路裡。

不過，有一次我們到南投的山上玩，第二天早上醒來時，看到團團白色雲霧不斷從山谷下方湧上來的畫面，感覺就像置身夢境般不真實，令人印象深刻。

對了，最近因為小兒子已經大到可以感受旅遊的樂趣了，我們便決定每個月進行一次兩天一夜或三天兩夜的家庭旅遊，帶孩子開開眼界，看看臺灣各地的風景及在地文化。我先生打算順便教孩子一些地理知識，而我也可以從遊客角度來感受各地的休閒農業發展狀況，做為工作上的參考，真是一舉數得。

明晴・十一月

85 人境廬雜詩 二首

黃遵憲

・其一

春風吹庭樹，樹樹若為秋。
忽作通宵雨，來登近水樓。
溼雲攢岫出，疊浪拍天流。
不識新波長，沙邊有睡鷗。

・其二

葉葉蕉相擊，叢叢竹自鳴。
蕭蕭傳雨意，摵摵誤秋聲。
露溼寒蛩寂，枝搖暗鵲驚。
幢幢燈影暗，獨坐到微明。

黃遵憲（1848～1905）字公度，別號人境廬主人。中舉人後，曾隨外交官何如璋出使日本，後任三藩市總領事、駐英參贊、新加坡總領事等。曾參與戊戌變法，失敗後，因外國駐華公使施壓而逃過一劫。曾作《日本雜事詩》兩百多首，並著有《日本國志》四十卷、《人境廬詩草》十一卷等。

注釋

一之一行—**若為**：為何。

一之二行—**通宵**：整夜。／**近水樓**：靠近水邊的樓宇。

一之三行—**溼雲**：溼度大的雲。／**攢**：拼湊、聚合。／**岫**：峰巒。／**疊浪**：重疊的浪。／**拍天**：水拍至天邊。

一之四行—**不識**：不知道。／**長**：漲。

二之一行—**自**：自己、本身。

二之二行—**蕭蕭**：形容風聲。／**傳**：散布。／**雨意**：將要下雨的景象。／**摵摵**：落葉聲。／**誤**：誤以為。／**秋聲**：指秋季大自然界的聲音，如風聲、落葉聲、蟲鳥聲等。

二之三行—**寒蛩**：深秋的蟋蟀，在此泛指蟲類。／**暗**：隱密的、不公開的。

二之四行—**幢幢**：搖曳。／**暗**：昏暗。／**微明**：開始天亮。

*賞讀譯文請見二四三頁

明晴：

妳猜，我又遇到誰？前幾天，我下班時，在捷運上遇到了康記者。我們互打招呼後，我正要說出想和他喝杯咖啡的想法時，他就問我要不要一起吃晚餐。我便欣然答應了。

他說，他剛好到附近採訪，才會搭這條路線。果真很巧。後來，我們在最近的捷運站下車，在附近的餐館吃飯。他還是一樣，劈頭就先問了我的感情狀況。我只好解釋，亞翔不是我的新男友，而是短暫重逢的前男友，並以牙還牙地反問他的感情狀況。不過，我們並沒有在感情方面聊太久，而是天南地北的想到什麼聊什麼，並在最後正式加彼此為臉書好友。

他說，其實他很少跟受訪者結為保持聯絡的朋友，因為他不想打擾受訪者的生活，雙方的交會僅限對方同意受訪的那一次，只有特別談得來的人才會例外。而我的情況最特殊，實在是萍水相逢太多次，似乎不做朋友就對不起老天爺的安排。

這次，我選讀黃遵憲的〈人境盧雜詩〉，這一系列共有八首，寫的都是他在人境廬生活的點滴，而這兩首的共同點是都有將「春」誤以為是「秋」的元素。人境廬位在廣東梅州市，是黃遵憲親自設計建造的磚木園林建築，名稱取自陶淵明〈飲酒〉的「結廬在人境，而無車馬喧」，包含了廳堂、七字廊、五步樓、無壁樓、十步閣、臥虹榭等結構，至今仍保存完好，並收藏了黃遵憲留下來的古籍及文物，是開放參觀的知名古蹟呢。

真希・十一月

86 浣溪沙

獨鳥衝波去意閑

朱祖謀

獨鳥衝波去意閑，瑰霞如赭水如箋。
為誰無盡寫江天。
並舫風弦彈月上，當窗山髻挽雲還。
獨經行處未荒寒。

朱祖謀（1857～1931）又名孝臧，字藿生、古微，號漚尹、彊村。出身官宦世家，中進士後，曾任會典館總纂、江西副考官、禮部右侍郎等職。任廣東學政時，因與總督不和而辭官，任教於江蘇法政學堂。民國成立後，隱居上海。校刻唐宋金元詞一百六十餘家為《彊村叢書》，輯有《宋詞三百首》、《湖州詞徵》三十卷、《國朝湖州詞錄》六卷、《滄海遺音集》十三卷。

一注釋一

一行一**衝波**：衝破波浪。／**閑**：通「閒」。／**瑰**：奇偉的、珍奇的。另有版本為「瓌」。／**赭**：紅褐色。／**箋**：寫信或題字用的紙。

二行一**寫**：描繪。

三行一**並舫**：並行的畫船。／**風弦**：指風吹物體發聲。／**當**：對著、向著。／**山髻**：像少女髮髻的青山。／**挽**：拉。

四行一**荒寒**：荒涼又寒冷。

＊賞讀譯文請見二四四頁

真希：

妳跟康記者真的很有緣，早就該當朋友的。這種緣分不常有，要好好珍惜。

這次，我選讀朱孝臧的〈浣溪沙〉，詞人描寫從黃昏到入夜的美麗江河景色，搭配淺淡的曖昧情緒，雖不苦澀，卻也感覺不到歡欣。我猜想，詞人可能是在某種迷惘的情緒中寫下這首詞，並在最後以「獨經行處未荒寒」來鼓勵自己吧。

最近，我女兒正忙著練習古箏表演的樂曲，看她樂在其中的樣子，讓我忍不住思考是不是該讓她讀音樂班。不過，這麼一來似乎太早限制了她的發展方向，我便立刻打消這個念頭。我想讓她再多方嘗試與比較，說不定她有其他更擅長或更喜歡的事。

天氣越來越冷了，我也心血來潮的想學鉤針編織，買了教學書和花色漂亮的毛線後，就利用晚上看電視的時間來自學。第一個織的作品，當然是圍巾了，但不知為何，我的織片竟然像裙子一樣，越來越寬，變成扇形了。後來，我再仔細看一遍書上的說明，才發現換行時的第一針要跳過不織，而我卻都織了……不過，因為這是練習作，每換一行，我就用書上教的下一種織法來織，所以每一行的花樣都不同，我實在捨不得拆掉，決定把它留下來做紀念了。等我熟練後，再織一條圍巾給妳嘍。

明晴・十一月

87 蝶戀花

獨向滄浪亭外路

王國維

獨向滄浪亭外路，六曲欄干，曲曲垂楊樹。
展盡鵝黃千萬縷，月中併作濛濛霧。
一片流雲無覓處，雲裏疏星，不共雲流去。
閉置小窗真自誤，人間夜色還如許。

王國維（1877～1927）初名國楨，字靜安、伯隅，號禮堂、觀堂、永觀。出身書香世家，曾赴日本東京物理學校就讀，隔年即因病返國。曾任教於南通師範學校、江蘇師範學堂、清華大學等，並在《教育世界》發表大量譯作，介紹西方先進思想，研究中西哲學、文學、美學等。著有《人間詞》、《人間詞話》、《宋元戲曲考》等書。五十歲時投昆明湖自盡。

—注釋—

一行—**滄浪亭**：位在蘇州城南。／**欄干**：欄杆。／**曲曲**：每個曲折處。

二行—**鵝黃**：指初春時節的楊柳。馮延巳〈蝶戀花〉有類似的句子：「六曲闌干偎碧樹，楊柳風輕，展盡黃金縷。」／**併**：一齊。通「並」。

三行—**流雲**：飄轉流動的雲。／**無覓處**：無處尋覓。／**不共**：不與。

四行—**閉置**：禁閉；關押。／**自誤**：因做錯事而害了自己。／**如許**：如此美好。

*賞讀譯文請見二四四頁

明晴：

謝謝妳，那我就靜候妳的圍巾作品囉。

妳還記得，我之前提過是否該搬家的事嗎？最近剛好有個機會。我同事杏娟先前一直在注意她租屋處附近的一棟公寓，很喜歡它三面採光且有陽臺圍繞的環境。這幾天，她看到那棟公寓張貼了出租公告，便馬上去看房。沒想到，那是四房兩廳兩衛的公寓，若只有她和意瑄租下來，不僅空間過大，房租也太高了，便問我要不要跟她們一起住，她們會把附衛浴的主臥室給我住，就比較不會互相打擾；當然，客廳、餐廳和廚房空間都是共用的。我想，與其一個人悶在附廚具的狹小套房裡，不如換個有公共空間可晃晃的地方，便答應了。我也去看過房子，環境真的很不錯。

目前，我預計十二月底搬家。老實說，我還滿期待新生活的。恰巧，「天空」系列詩詞的賞讀也差不多告一段落，要展開新主題了。接下來我們以「風景」為主題，賞讀有自然風景畫面的詩詞，如何？

這次，我選讀王國維的〈蝶戀花〉，詞人描寫在滄浪亭附近散步時所看到的初春夜景，月光下的楊柳樹散發出朦朧美，而在雲朵飄過的天空裡，看見不肯隨雲而去的星星，最後感嘆夜景這般美麗，自己卻只知道閉門讀書，真是太可惜了。

我想，我也應該學習詞中人，打開門走出自己的世界，說不定會有更多美麗的邂逅，而第一步就是搬家了。

真希・十二月

88 漁家傲・東昌道中

張淵懿

野草淒淒經雨碧，遠山一抹晴雲積。午睡覺來愁似織。孤帆直，遊絲繞夢飛無力。
古渡人家煙水隔，鄉心撩亂垂楊陌。鴻雁自南人自北。風蕭瑟，荻花滿地秋江白。

張淵懿（約 1654～1691 前後在世）字硯銘、元清，號蟄園。曾先後組立原社、春藻堂社。

注釋

題—**東昌**：東昌府，在今山東省聊城。

一行—**淒淒**：同「萋萋」，形容草木茂盛。／**碧**：碧綠。／**晴雲**：晴天的白雲。

二行—**覺**：睡醒。／**織**：結合、組成。／**直**：直立。／**遊絲**：蜘蛛等蟲吐的絲。

三行—**古渡**：古老的渡口。／**人家**：民家。／**煙水**：煙霧瀰漫的水面。／**鄉心**：思念家鄉的心情。／**撩亂**：紛亂；雜亂。／**陌**：小路。

四行—**鴻雁**：又稱大雁，是一種候鳥，於春季返回北方，秋季飛到南方越冬。／**自**：在此是指「前往」。／**蕭瑟**：草木被秋風吹襲的聲音。／**荻**：禾本科多年生植物。秋天抽淡紫色花穗。生長於水邊或原野，與蘆同類。

＊賞讀譯文請見二四五頁

真希：

太棒了，以後妳就有室友可以互相照應，我想，妳爸媽會放心很多吧。

剛住在一起時，都得經歷磨合期的考驗。不過，妳們都認識一段時間了，應該是判斷彼此合得來，才願意住在一起吧？相信妳們很快就能相處融洽，祝妳們同居愉快！

天空系列的最後一首，我選讀張淵懿的〈漁家傲・東昌道中〉。詞人乘船於江上，以「野草淒淒經雨碧，遠山一抹晴雲積」為背景，午覺醒來，看著雨後的晴朗風景及兩岸的村落，滿腹的思鄉愁緒無法可解，只有遍布荻花的江景能替他訴說心中的寂寥。不知道詞人想念家鄉的什麼，是家人的笑顏，或是令人安心的熟悉感？我猜想，應該是後者吧。

賞讀到最後，天空系列似乎不像花園系列那樣，有那麼多可比較賞讀的同類詩詞。但其實詠月和七夕雙星的詩詞還有很多，只是我們沒有選讀罷了。

接下來的賞讀主題，就用妳說的「風景」吧。在選讀花園與天空系列詩詞時，我看到許多透過自然美景來抒發情緒的詩詞，但歸在花園或天空類都有些勉強而沒有選讀，實在很可惜。現在有機會一起來賞讀，真的很棒。至於「風景」的定義也不必太嚴格，只要有提到各種自然風景，例如山林、江海、花樹等的詩詞都可以，如何？

那麼下次還是由妳打頭陣嘍。

明晴・十二月

原來，古典詩詞如此美麗，又如此貼近現代生活。

詩詞．譯文——對照

（註：因版面空間有限，部分詞作的上下片譯文之間若無空行，則會在第一句標註▼符號，以便讀者對照。）

唐

1 望月懷遠 ／張九齡

海上生明月，天涯共此時。
情人怨遙夜，竟夕起相思。
滅燭憐光滿，披衣覺露滋。
不堪盈手贈，還寢夢佳期。

海上升起一輪明月，分隔在天涯兩端的我們共享著這一刻。有情人總是怨恨漫漫長夜，因為一整夜都會生起相思之情。我吹滅燭火，憐愛這滿屋的月光；而後披衣起身，感受到露水滋生繁多。我無法將這月光捧在手中送給你，只希望入睡後能夢見我們歡聚的情景。

2 秋宵月下有懷 ／孟浩然

秋空明月懸，光彩露沾濕。
驚鵲棲未定，飛螢卷簾入。
庭槐寒影疏，鄰杵夜聲急。
佳期曠何許，望望空佇立。

秋夜的天空裡懸掛著明月，光彩照在露珠上，好像把露珠沾濕了。被月光驚起的鵲鳥尚未棲息安定，飛舞的螢火蟲從卷簾下方飛入室內。庭院裡的槐樹因天寒葉落而樹影稀疏；夜裡鄰家傳來急促的擣衣聲。歡聚之期如此遼遠而未知，我只能依戀地徒然佇立在此。

3 途中遇晴 ／孟浩然

已失巴陵雨，猶逢蜀阪泥。
天開斜景遍，山出晚雲低。
餘濕猶沾草，殘流尚入溪。
今宵有明月，鄉思遠淒淒。

錯過了巴陵地區的雨，來到蜀地山坡，還是遇到泥濘的道路。天空的雲已經散開，西斜的陽光照遍大地。山巒露出形影，傍晚的雲低低地飄著。剩餘的水滴還沾在青草上，殘留的雨水還流向小溪。今天晚上有明月，思念家鄉的心情讓人十分悲傷哀痛。

4 同從弟南齋翫月憶山陰崔少府 ／王昌齡

高臥南齋時，開帷月初吐。
清輝淡水木，演漾在窗戶。
苒苒幾盈虛，澄澄變今古。
美人清江畔，是夜越吟苦。
千里其如何，微風吹蘭杜。

我高枕躺臥在南齋時，打開窗簾，月亮剛剛升起。它那清淡的光輝灑在水面及林木間，水面折射的月光映在窗戶上搖曳蕩漾著。時光流逝，經過了幾次月亮圓缺。在澄亮的月光下，過去的世事已有所改變。這夜，崔少府應該在清江河畔，跟越人莊舄一樣吟詠著思鄉之苦。即使相隔千里又怎樣？微風吹來了他那如蘭草、杜若般芳香的聲名。

5 月夜江行寄崔員外宗之 ／李白

飄颻江風起，蕭颯海樹秋。
登艫美清夜，挂席移輕舟。
月隨碧山轉，水合青天流。
杳如星河上，但覺雲林幽。
歸路方浩浩，徂川去悠悠。
徒悲蕙草歇，復聽菱歌愁。
岸曲迷後浦，沙明瞰前洲。
懷君不可見，望遠增離憂。

江風吹起，萬物飄動，水邊的樹林發出蕭颯的秋聲。
我登上船頭，感受到清靜夜晚的美好；揚起帆，輕舟緩緩移動。
月亮隨著碧綠青山轉動，江水與青天合流。
遼闊無邊的感覺猶如航行在星河之上，只覺得雲籠罩下的樹林一片幽暗。
歸返的路途水流正盛大，流逝的歲月眇遠無盡。
我徒然悲傷著蕙草已經凋零衰敗，又聽到哀愁的菱歌。
曲折的江岸擋住了後方水濱，在明亮的沙灘上能看見前方的小洲。
我思念著你卻又不能相見，眺望遠方只會增加我心中的離別之憂。

6 挂席江上待月有懷 ／李白

待月月未出，望江江自流。
倏忽城西郭，青天懸玉鉤。
素華難可攬，清景不同遊。
耿耿金波裏，空瞻鳷鵲樓。

我等待著月亮，月亮還沒有出現；我看著江水，江水兀自流去。
忽然間在城西的外城上，有一彎新月懸掛在青天上。
月光難以把持，沒有人與我同遊這清麗的景色。
我在明亮的月光下，徒然地看向鳷鵲樓。

7 淮海對雪贈傅靄

／李白

朔雪落吳天，從風渡溟渤。
海樹成陽春，江沙皓明月。
飄颻四荒外，想像千花發。
瑤草生階墀，玉塵散庭闕。
興從剡溪起，思繞梁園發。
寄君郢中歌，曲罷心斷絕。

來自北方的雪飄落在江南一帶，也隨著風飛渡大海。

海邊的樹被白雪覆蓋，成為溫暖春天百花盛開那般的景象；江邊的沙地鋪滿白雪，比明月還要皎潔。

白雪凌風飛翔到四方邊遠國家之外，想像這幅畫面宛如千朵花同時綻放。

臺階平地上長出的珍美香草被雪覆蓋著，白雪如玉色粉塵散落在庭院和樓臺中。

我跟王子猷一樣有著在雪夜裡乘船訪友的興致，也跟漢梁孝王一樣充滿在園子裡歌詠白雪的心思。

我把郢中的〈白雪〉歌寄給你，唱完後實在令人悲傷。

8 春夜喜雨

／杜甫

好雨知時節，當春乃發生。
隨風潛入夜，潤物細無聲。
野徑雲俱黑，江船火獨明。
曉看紅濕處，花重錦官城。

這及時雨知道季節，在春天到來時才落下。

雨在夜間隨著風潛入，細小到幾近無聲地滋潤萬物。

村野小路和天上的雲全都一片黑暗，江船上只有燈火獨自發亮著。

早晨去看被淋濕的花叢，色澤濃重的花朵開滿了錦官城。

9 新秋 ／杜甫

火雲猶未斂奇峰，欹枕初驚一葉風。
幾處園林蕭瑟裏，誰家砧杵寂寥中。
蟬聲斷續悲殘月，螢燄高低照暮空。
賦就金門期再獻，夜深搔首歎飛蓬。

夏日紅雲還沒有收斂它造就的多變奇峰，我斜倚著枕頭，剛剛為吹落葉子的秋風而感到心驚。
好幾處的園林都處在蕭瑟的景象裡，不知哪一家的擣衣聲在寂靜冷清中迴響。
秋蟬斷斷續續地叫著，為了將落的月亮而悲鳴；螢火蟲帶著光芒高高低低地飛，照著傍晚的天空。
我寫好一首詩賦，期望能再獻到宮門前，但在夜深時分只能抓頭感嘆自己的境遇如飛蓬飄泊不定。

10 秋晚新晴夜月如練有懷樂天 ／劉禹錫

雨歇晚霞明，風調夜景清。
月高微暈散，雲薄細鱗生。
露草百蟲思，秋林千葉聲。
相望一步地，脈脈萬重情。

雨停之後，晚霞明麗，微風和順，夜景清朗。
月亮高掛明照大地，模糊不清的光影已經消散，雲朵輕薄，變化成一片片細鱗。
沾露的草上，群蟲鳴叫著傳遞思念，秋季的樹林裡千百片葉子在風吹過後發出聲響。
我們在相距一步之地互望，心裡懷著層層的深厚情感。

新秋對月寄樂天　／劉禹錫

月露發光彩，此時方見秋。
夜涼金氣應，天靜火星流。
蛩響偏依井，螢飛直過樓。
相知盡白首，清景復追遊。

月光下的露滴發出光彩，在此時才看見秋色。
夜裡的涼意散發秋天蕭索淒清的氣息，平靜的夜空裡有流星劃過。
蟋蟀鳴聲從靠近井邊的地方傳出，螢火蟲直接飛過樓閣。
知心朋友全都是頭髮花白的老人了，我又追隨清麗景色遊覽。

11 秋詞（二首）　／劉禹錫

·其一

自古逢秋悲寂寥，我言秋日勝春朝。
晴空一鶴排雲上，便引詩情到碧霄。

·其二

山明水淨夜來霜，數樹深紅出淺黃。
試上高樓清入骨，豈如春色嗾人狂。

▼自古以來，人們每逢秋天就為它的寂靜冷清而悲嘆，但我要說秋天的光景勝過春天。晴空中，一隻鶴鳥排開雲層往上飛，便把我作詩的興致帶領到青天上。

▼山光明媚水清淨，夜裡降下白霜，許多樹都有深紅樹葉出現在淺黃樹葉間。我試著走上高樓，清風沁入骨，怎會像春天景色那樣教唆人發狂呢？

12 觀雲篇 ／劉禹錫

興雲感陰氣，疾走如見機。
晴來意態行，有若功成歸。
蔥蘢含晚景，潔白凝秋暉。
夜深度銀漢，漠漠仙人衣。

濃雲一出現，就讓人感覺到寒氣，它疾速前行，就好像看見了機會。
雲兒在晴天時運行的神情和姿態，就好像功成名就的人歸來那樣。
繁密雲彩包含著傍晚的霞光，潔白的雲朵凝聚了秋天的日光。
雲兒在深夜裡渡過銀河，瀰漫分散的樣子就像是仙人的衣裳。

13 中夜起望西園值月上 ／柳宗元

覺聞繁露墜，開戶臨西園。
寒月上東嶺，泠泠疏竹根。
石泉遠逾響，山鳥時一喧。
倚楹遂至旦，寂寞將何言。

半夜醒來，我聽到濃重露水滴落的聲音，便打開窗戶面對西園。
清冷的月亮升上東方的山嶺，月光照在疏落竹林的根部。
泉水從岩石流瀉而下，這水聲越遠越響亮，山鳥則不時地鳴叫一聲。
我倚著柱子就這樣到天亮，這種寂寞要怎麼訴說呢？

14 夢天 ／李賀

老兔寒蟾泣天色，雲樓半開壁斜白。
玉輪軋露濕團光，鸞珮相迎桂香陌。
黃塵清水三山下，更變千年如走馬。
遙望齊州九點煙，一泓海水杯中瀉。

老兔和寒蟾的哭泣構成了這片天色，雲中高樓門扉半開，牆壁上有一道斜照的白光。
月亮輾過露水，散發如水般濕潤的圓光，仙女在充滿桂花香的路上迎接我。
看著三座神山下方的大地和海洋，千年來的更替變化如騎馬疾行般迅速。
遙望中國，九州如九個小點煙塵，一片清澈的海水宛如流瀉到杯中。

15 春雨 ／李商隱

悵臥新春白袷衣，白門寥落意多違。
紅樓隔雨相望冷，珠箔飄燈獨自歸。
遠路應悲春晼晚，殘宵猶得夢依稀。
玉璫緘札何由達，萬里雲羅一雁飛。

我穿著新春的白袷衣，惆悵地坐臥在家。昔日的約會地已經變得冷清，與我的心意大大相違。
隔著雨看向你住過的紅樓，只覺得淒冷。在如珠簾般的綿綿細雨中，我獨自走回家。
身在遙遠路途之外的你，應該也會為春日的黃昏景色而悲傷吧！但我只能在夜將盡的夢裡見到你迷離不定的身影。
我該怎麼把定情信物和書信寄給你呢？在烏雲密布萬里的天空裡，只看到一隻孤雁飛過。

16 秋月 ／李商隱

樓上與池邊，難忘復可憐。
簾開最明夜，簟卷已涼天。
流處水花急，吐時雲葉鮮。
姮娥無粉黛，只是逞嬋娟。

月光灑落在樓上和池邊，令人難忘又惹人憐愛。
打開簾子，欣賞農曆十五的明亮夜晚，現在已經是收捲起竹席的涼冷天氣。
月光像濺出水花的急流，它從雲間露出時，雲朵宛如新生亮麗的葉子。
月亮沒有塗上粉黛，只是展現出美好的樣子。

17 細雨（二首）／李商隱

．其一

帷飄白玉堂，簟卷碧牙床。
楚女當時意，蕭蕭發彩涼。

．其二

瀟灑傍迴汀，依微過短亭。
氣涼先動竹，點細未開萍。
稍促高高燕，微疏的的螢。
故園煙草色，仍近五門青。

細雨就像從天宮飄垂而下的帷簾，又像從碧色象牙床捲下的竹席。細雨也像神女當時的情態，長髮蕭蕭地披垂而下，閃耀著清涼光澤。

細雨淒清地靠近迂迴的沙洲，隱約依稀地飄過短亭。清涼的氣息先使竹葉飄動，細細的雨點無法使浮萍蕩開。細雨稍微靠近高飛的燕子，使閃爍的螢光稍微疏開。故鄉煙霧籠罩的草叢景色，仍然近似京城長安的青綠。

18 更漏子（星斗稀）／溫庭筠

星斗稀，鐘鼓歇，簾外曉鶯殘月。
蘭露重，柳風斜，滿庭堆落花。
虛閣上，倚欄望，還似去年惆悵。
春欲暮，思無窮，舊歡如夢中。

▼天上星光稀疏，報時的鐘鼓也停歇了，窗簾外有早起的黃鶯及將要落下的月亮。蘭花上有著沉重的露珠，風將柳樹吹得歪斜，庭院裡堆滿了落花。

▼我站在空無他人的樓閣上，倚著欄杆遠望，心情跟去年一樣惆悵。春天又到盡頭了，我的思念無窮無盡，往日的歡樂宛如夢一場。

19 菩薩蠻（南園滿地堆輕絮）

／溫庭筠

南園滿地堆輕絮，愁聞一霎清明雨。
雨後卻斜陽，杏花零落香。
無言勻睡臉，枕上屏山掩。
時節欲黃昏，無憀獨倚門。

▼南園裡堆了滿地的輕盈柳絮，在心情憂愁之際，又聽到陣雨的聲音。雨後出現了斜陽，凋落的杏花散發微微的香氣。
▼女子醒來後，臉頰紅潤得像勻上脂粉，默默無言地在屏風的遮掩下，躺在枕頭上發呆。直到快要黃昏了，她還是無聊煩悶地獨自倚著門。

20 章臺夜思

／韋莊

清瑟怨遙夜，繞絃風雨哀。
孤燈聞楚角，殘月下章臺。
芳草已云暮，故人殊未來。
鄉書不可寄，秋雁又南迴。

淒清的瑟聲似乎在埋怨長夜漫漫，繞著絃的樂音如風雨聲般哀怨。
我在孤燈下聽見悲涼的楚地號角聲，將落的月亮已經在樓臺下方。
芳草已經衰頹凋盡，老友卻還沒有到來。
我沒辦法寄家書，因為秋雁又回到南方了。

21 酒泉子（秋月嬋娟）　／李珣

秋月嬋娟，皎潔碧紗窗外。
照花穿竹冷沉沉，印池心。
凝露滴，砌蛩吟，驚覺謝娘殘夢。
夜深斜傍枕前來，影徘徊。

秋夜月色明媚，皎潔的月光照在碧紗窗外。寒涼陰沉的月光照在花上，穿過竹林，印在池心上。凝結的露珠滴落，砌階上的蟋蟀開始鳴叫，讓女子從零亂不全的夢中驚醒。隨著夜漸深沉，月光斜斜地照在女子的枕頭上，月影在周圍徘徊。

22 漁歌子（九疑山）　／李珣

九疑山，三湘水，蘆花時節秋風起。
水雲間，山月裏，棹月穿雲遊戲。
鼓清琴，傾綠蟻，扁舟自得逍遙志。
任東西，無定止，不問人間醒醉。

▼在九疑山及三湘水的水域，每到蘆花開的季節就吹起了秋風。在流水白雲之間、灑滿月光的山裡，行船穿過月和雲的倒影，彷彿在與它們玩遊戲似的。

▼彈奏音調清雅的琴，再倒一杯濁酒，在扁舟上能實現自在逍遙的生活志向。任意往東或往西，從來沒有固定的停泊處，也不問人間是醒是醉。

23 薄命女（天欲曉） ／和凝

天欲曉，宮漏穿花聲繚繞，窗裏星光少。
冷霞寒侵帳額，殘月光沉樹杪。
夢斷錦幃空悄悄，強起愁眉小。

天快要亮了，滴漏聲穿過花間繚繞著，照進窗裡的星光稀少。
冷冷的寒氣侵襲帳額，將落之月的月光沉到樹梢下。
女子在錦幃中夢醒，四周空寂無聲，她勉強起身，因憂愁而皺得眉頭變小。

24 喜遷鶯（霧濛濛） ／馮延巳

霧濛濛，風淅淅，楊柳帶疏煙。
飄飄輕絮滿南園，牆下草芊眠。
燕初飛，鶯已老，拂面春風長好。
相逢攜手且高歌，人生得幾何。

四周霧濛濛，風聲淅淅，楊柳周圍帶著稀疏的煙霧。
輕飄飄的柳絮飛滿南園，牆下的青草繁生茂盛。
燕子剛剛飛起，鶯鳥卻已經變老，拂面而來的春風總是美好。
與友相逢，就牽著手並高聲歌唱，（只因時光匆匆，）人生不知道還有多長。

25 應天長（石城山下桃花綻）

／馮延巳

石城山下桃花綻，宿雨初收雲未散。
南去櫂，北歸雁，水闊天遙腸欲斷。

倚樓情緒懶，惆悵春心無限。
忍淚蒹葭風晚，欲歸愁滿面。

▼石城山下桃花綻放，昨夜的雨剛停，雲還沒有散去。船隻航向南方，雁子往北歸返，水面遼闊天際遙遠，我憂愁到快要斷腸。

▼女子倚著樓，心情慵懶，懷著無限的春心而惆悵。晚風吹過蒹葭時，女子忍著淚，因為將要回去而滿面愁容。

26 喜遷鶯（曉月墜）

／李煜

曉月墜，宿雲微，無語枕頻攲。
夢回芳草思依依，天遠雁聲稀。

啼鶯散，餘花亂，寂寞畫堂深院。
片紅休掃儘從伊，留待舞人歸。

▼早晨的殘月已經墜落，夜間的雲朵已經消散。我沉默地頻頻斜靠枕頭。夢醒後，我依然留戀著夢中的女子；然而天高遠闊，很少有鴻雁帶來音訊。

▼啼叫的黃鶯已經散去，殘存未凋的花景已顯得紛亂；一個人寂寞地待在華美廳堂和深院裡。不要掃滿地的落花，就隨它去，等到我所愛的人回來後再說吧。

27 巫山一段雲（雨霽巫山上）

／毛文錫

雨霽巫山上，雲輕映碧天。
遠風吹散又相連，十二晚峰前。
暗濕啼猿樹，高籠過客船。
朝朝暮暮楚江邊，幾度降神仙。

巫山上空雨後放晴，輕盈的浮雲映襯著藍天。夕照中的巫山十二峰前方，遠風將雲吹散後，雲又相連聚攏。濃雲讓猿啼叫的樹林顯得暗濕，也高高籠罩著經過的客船。這雲日日夜夜都待在長江邊，好幾次以神女的形象降臨。

28 生查子（春山煙欲收）

／牛希濟

春山煙欲收，天澹星稀小。
殘月臉邊明，別淚臨清曉。
語已多，情未了，迴首猶重道。
記得綠羅裙，處處憐芳草。

▼充滿春意的山上煙霧逐漸散去，天將要亮了，星辰看來稀疏且渺小。將落的月光照得我們的臉龐發亮，臨別的淚水潸潸落下，已經快到清晨了。

▼我們已經說了太多話，卻還沒有將情意訴說完，回首時又再次叮嚀，要記得我這個穿著綠羅裙的女子，無論到哪裡，看到芳草就要想起我、憐愛我。

北宋

29 河傳（秋雨） ／閻選

秋雨，秋雨，無晝無夜，滴滴霏霏。
暗燈涼簟怨分離，妖姬，不勝悲。
西風稍急喧窗竹，停又續，膩臉懸雙玉。
幾迴邀約，雁來時，違期，雁歸人不歸。

▼秋雨啊秋雨，不分晝夜地綿密滴落。暗燈下，女子坐在發涼的竹席上，怨恨著與郎君分離一事，難以承受這份悲傷。
▼西風急急地吹著，使窗前的竹枝搖曳發出聲響，停了又再度繼續。女子細緻滑潤的臉上懸著兩行淚。郎君幾次約好在雁子來時返回，卻違背約定的時間，雁子歸來了，人卻不歸。

30 佳人醉（暮景蕭蕭雨霽） ／柳永

暮景蕭蕭雨霽，雲淡天高風細。
正月華如水，金波銀漢，瀲灩無際。
冷浸書帷夢斷，卻披衣重起。臨軒砌。
素光遙指，念翠娥杳隔，音塵何處，相望同千里。
儘凝睇，厭厭無寐，漸曉雕闌獨倚。

▼黃昏時分，蕭蕭陣雨已停，天氣轉晴。雲層淡薄，天空看來高遠，細風輕拂著。
▼正是月光如流水，金色光波襯映銀河，無邊無際地閃動著。
▼寒氣侵入書房，打斷我的夢。我披上衣服，再度起床來到屋前臺階。
▼我遙指著潔白的月光，想起杳無音信的佳人，到底身在何處？我倆相望著同一個明月，卻相隔千里。我一直凝望著明月，無精打彩卻也不想入睡，直到天色漸亮，仍獨自倚著華麗欄杆。

31 八聲甘州（對瀟瀟暮雨灑江天）／柳永

對瀟瀟暮雨灑江天，一番洗清秋。
漸霜風淒緊，關河冷落，殘照當樓。
是處紅衰翠減，冉冉物華休。
惟有長江水，無語東流。

不忍登高臨遠，望故鄉渺邈，歸思難收。
嘆年來蹤跡，何事苦淹留。
想佳人妝樓顒望，誤幾回天際識歸舟。
爭知我倚闌干處，正恁凝愁。

▼看著傍晚的一陣雨灑落江面，將深秋景色洗滌了一番。秋風越來越淒涼逼人，關塞與山河看來一片蕭條，落日餘光照著樓閣。到處都已花落葉凋，美好的景物逐漸衰殘，只有長江水持續無言地往東奔流而去。

▼我不忍心登高望遠，因為一看向在遙遠他處的故鄉，就讓人的歸鄉心思難以收回。可嘆我這幾年的行蹤，是為了什麼而長期停留在外地？我想佳人應該在閨房裡盼望著，多次將天際的船帆誤以為是我的歸舟吧？她怎麼知道我也倚著欄杆，如此地發愁呢？

32 玉蝴蝶（望處雨收雲斷）

／柳永

望處雨收雲斷，憑闌悄悄，目送秋光。晚景蕭疏，堪動宋玉悲涼。水風輕，蘋花漸老，月露冷，梧葉飄黃。遣情傷，故人何在。煙水茫茫。

難忘。文期酒會，幾孤風月，屢變星霜。海闊山遙，未知何處是瀟湘。念雙燕難憑音信，指暮天空識歸航。黯相望，斷鴻聲裏，立盡斜陽。

▼我看向雨停雲散處，靜靜地倚著欄杆，目送這一片秋天光景。暮秋景色如此清疏稀落，觸發了我心中那份跟宋玉相同的悲涼心情。水面上微風輕拂，蘋花逐漸老凋；月下露水涼冷，梧桐葉片片轉黃飄落。這景色讓人不禁感傷老友在何處。眼前只見一片煙水茫茫。

▼難以忘懷從前和友人暢談詩文、飲酒唱和的景象。如今已經辜負許多次美景，過了好幾年。海如此遼闊，山如此遙遠，我所想念之處在哪個方向呢？我想，雙燕難以託寄音信，只能指著黃昏天際，徒然地辨識返航的船隻。我黯然地望向遠方，聽著離群孤雁的鳴叫聲，佇立到太陽下山為止。

33 御街行（紛紛墜葉飄香砌）／范仲淹

紛紛墜葉飄香砌，夜寂靜，寒聲碎。
真珠簾捲玉樓空，天淡銀河垂地。
年年今夜，月華如練，長是人千里。
愁腸已斷無由醉，酒未到，先成淚。
殘燈明滅枕頭欹，諳盡孤眠滋味。
都來此事，眉間心上，無計相迴避。

▼樹葉紛紛飄落在滿是落花、散發香氣的臺階上。寂靜的夜裡，斷續聽見寒風吹動樹葉的聲音。

捲起珍珠簾，樓閣裡空空蕩蕩的。天空清澈無雲，長長的銀河垂落到大地的盡頭。

每年此時的夜晚，月光都如白色絲絹般明亮，卻總是人兒相隔千里。

▼愁腸已經斷了，不可能再醉。酒還沒喝下口，我就已經開始流淚。將要燃盡的燈開始忽明忽暗，我斜靠在枕頭上，嚐盡獨自入眠的滋味。

算來這樁心事，無論是眉間或心中，都沒有辦法避開它。

34 晚泊岳陽／歐陽脩

臥聞岳陽城裏鐘，繫舟岳陽城下樹。
正見空江明月來，雲水蒼茫失江路。
夜深江月弄清輝，水上人歌月下歸。
一闋聲長聽不盡，輕舟短楫去如飛。

我躺臥著，聽見岳陽城裡傳來的鐘聲，我將舟船繫在岳陽城下的大樹旁。

我看到浩瀚寂靜的江面上有明月升起，雲水之間曠遠迷茫，讓人看不清江上行船的去路。

夜色深沉，江上的明月散發皎潔光輝，水上的船中人一邊高歌著，一邊在月下歸返。

一首曲調的長長歌聲還沒聽完，那人在輕舟上划著小船槳，飛也似的離去了。

35 虞美人(秋風不似春風好) /晏幾道

秋風不似春風好,一夜金英老。
更誰來憑曲闌干,惟有雁邊斜月照關山。
雙星舊約年年在,笑盡人情改。
有期無定是無期,說與小雲新恨也低眉。

▼秋風不像春風那麼好,它在一夜之間就讓菊花老去。還有誰來倚靠彎曲的欄杆?只有北方邊境的斜月照著關隘山嶺。

▼牛郎和織女這兩顆星的舊約,每年都能實踐,他們一定嘲笑著人情的改變。就算有相約卻沒有定下時間,也等於沒有相約。把這件事說給小雲聽,她也會被勾起新恨而低下眉頭了。

36 遊月殿 /程顥

月陂堤上四徘徊,北有中天百尺臺。
萬物已隨秋氣改,一樽聊為晚涼開。
水心雲影閒相照,林下泉聲靜自來。
世事無端何足計,但逢佳節約重陪。

我們在月陂的堤防上四處徘徊,北邊有半天高的百尺臺。萬物已經隨著秋天的節氣變換景色,姑且用一杯酒來開啟夜晚的涼意。水中央有雲影悠閒地倒映,在寧靜的樹林下能聽見水泉聲。世事總是沒有由來地變化,哪裡值得計較?只要我們能夠每逢佳節再相約陪伴彼此。

37

六月二十日夜渡海 ／蘇軾

參橫斗轉欲三更，苦雨終風也解晴。
雲散月明誰點綴，天容海色本澄清。
空餘魯叟乘桴意，粗識軒轅奏樂聲。
九死南荒吾不恨，茲遊奇絕冠平生。

參星橫斜，北斗星轉向，已經快到三更時分。連綿不停的雨和大風終於停止，能夠放晴了。
雲層散去，月光明亮，還需要誰來點綴呢？天空和大海的景色原本就澄靜清澈。
我徒然留下像孔子那樣乘桴隱居的心，這濤聲聽起來彷彿黃帝曾說過的湖邊奏樂聲。
我不恨自己被貶到危險又荒涼的南方，這次的經歷非常奇妙，是我這一生之冠。

38

有美堂暴雨 ／蘇軾

遊人腳底一聲雷，滿座頑雲撥不開。
天外黑風吹海立，浙東飛雨過江來。
十分瀲灩金樽凸，千杖敲鏗羯鼓催。
喚起謫仙泉酒面，倒傾鮫室瀉瓊瑰。

遊人的腳底傳來一聲雷響的震動，滿堂的濃雲怎麼也撥不開。
天邊的狂風將海濤吹得直立，浙東的雨飛過錢塘江而來。
西湖的水滿溢出來，宛如倒滿酒的酒杯；雨點像是千百根杖敲擊羯鼓，聲聲催促著。
我想以水喚起李白的醉臉，讓他看看這幅彷彿將鮫人的居所傾倒而落下珠玉的雨景。

39 南鄉子（晚景落瓊杯）

／蘇軾

晚景落瓊杯，照眼雲山翠作堆。
認得岷峨春雪浪，初來，
萬頃蒲萄漲淥醅。

春雨暗陽臺，亂灑歌樓溼粉腮。
一陣東風來捲地，吹迴，
落照江天一半開。

夕陽景色倒映在玉杯之中，耀眼的雲朵堆積如青山一般。
我認得故鄉岷峨山的春雪融化成水波後，初湧來時，
就像萬頃未過濾的清澈葡萄酒高漲似的。

春雨讓陽臺山變得陰暗，也紛亂飛灑進歌樓裡，打溼歌女那塗了脂粉的臉頰。
一陣東風捲地而來，將雲霧吹開，
落日之光從半開的江面天空照射下來。

40 南歌子（雨暗初疑夜）

／蘇軾

雨暗初疑夜，風回便報晴。
淡雲斜照著山明，細草軟沙溪路馬蹄輕。

卯酒醒還困，仙村夢不成。
藍橋何處覓雲英，只有多情流水伴人行。

▼天色因雨而變得陰暗，一開始讓人以為是夜晚到來。風回轉後（吹散了濃雲），便以晴天相報。
斜陽從淡雲之間照射下來，增添了山的明亮，馬蹄輕輕地踩踏在滿布細草和軟沙的溪邊道路上。

▼清晨時，我已經酒醒了，卻還是覺得疲倦，但已做不成到仙村的夢了。
我能在藍橋上的何處找到雲英仙女？只有多情的流水陪伴我前行。

41 念奴嬌（斷虹霽雨）

／黃庭堅

斷虹霽雨，淨秋空，山染修眉新綠。
桂影扶疏，誰便道今夕清輝不足。
萬里青天，姮娥何處，駕此一輪玉。
寒光零亂，為誰偏照醽醁。

年少從我追遊，晚涼幽徑，繞張園森木。
共倒金荷，家萬里，難得尊前相屬。
老子平生，江南江北，最愛臨風笛。
孫郎微笑，坐來聲噴霜竹。

▼雨後放晴，天邊有一道被雲截斷的彩虹。澄淨的秋空下，山脈就像染上新綠的美人長眉。
月中桂樹繁茂，陰影明顯，誰說今晚的月光不夠明亮呢？
萬里青天間，嫦娥在哪裡駕著這一輪圓月呢？
零亂的月光是為了誰而偏偏照在美酒上呢？

▼少年們追隨我一起遊賞，在清涼的夜晚裡，循幽徑繞著張寬夫園的樹林散步。
我們一起將酒杯斟滿酒。家在萬里之外，難得我們能拿著酒杯相勸暢飲。
我這一生走遍大江南北，最喜歡聽風中的笛聲。
孫郎便微笑，馬上吹起了笛子。

42 滿庭芳（紅蓼花繁） ／秦觀

紅蓼花繁，黃蘆葉亂，夜深玉露初零。
霽天空闊，雲淡楚江清。
獨棹孤篷小艇，悠悠過煙渚沙汀。
金鉤細，絲綸慢捲，牽動一潭星。

時時，橫短笛，清風皓月，相與忘形。
任人笑生涯，泛梗飄萍。
飲罷不妨醉臥，塵勞事有耳誰聽。
江風靜，日高未起，枕上酒微醒。

▼紅蓼花繁茂盛開，黃蘆葦的葉子凌亂交錯，夜深時分如玉露水剛剛落下。
雨後天空遼闊，雲層淡薄，楚地的江水十分清澈。
我獨自划著孤篷小艇，悠閒地經過煙靄瀰漫的沙洲。
我慢慢地捲起釣線，細細的金製魚鉤露出水面，也牽動了一整潭星星的倒影。

▼我不時橫吹短笛，伴著清風與皓月，彼此都超然物外，忘了自己的形體。
放任他人笑我這一生像隨水漂流的斷梗和浮萍。
喝完酒後，不妨醉醺醺地入睡，那些惱人的世俗事務，就算人有耳朵，還有誰要聽？
江風已停息，太陽高掛，我還沒起床，躺在枕頭上，酒意消散，人稍微清醒。

43

蝶戀花（曉日窺軒雙燕語）

／秦觀

曉日窺軒雙燕語，
似與佳人，共惜春將暮。
屈指豔陽都幾許，可無時霎閑風雨。
流水落花無問處，
只有飛雲，冉冉來還去。
持酒勸雲雲且住，憑君礙斷春歸路。

清晨偷看窗外，一對燕子正在呢喃細語，
像是在對佳人說，要一起珍惜即將結束的春天。
屈指細數春天裡的豔陽有多少，怎麼會沒有一時的無端風雨。
流水和落花已逝，無處可以詢問它們，
只有飛雲緩慢地來又去。
我拿著酒勸雲，請你暫時停住，要依靠你阻擋春天歸去的道路。

44

洞仙歌・泗州中秋作

／晁補之

青煙冪處，碧海飛金鏡。
永夜閒階臥桂影。
露涼時，零亂多少寒螿，
神京遠，惟有藍橋路近。
水晶簾不下，雲母屏開，冷浸佳人淡脂粉。
待都將許多明月，付與金尊，投曉共流霞傾盡。
更攜取胡牀上南樓，看玉做人間素秋千頃。

▼在青色煙霧籠罩的地方，從碧海般的夜空中飛出一面有如金鏡的明月。
長夜裡，閒靜的階梯上躺臥著桂樹的影子。
在露水漸涼的時節，有許多寒蟬零亂地鳴叫著。
前往京城的路途實在遙遠，只有通往仙女所在的藍橋之路比較近。
▼水晶簾沒有放下來，雲母屏風也拿開了，冷意浸入了佳人臉上的淡淡脂粉。
等我將許多月色都倒入金酒杯裡，在將近清晨時連同美酒一起喝光。
我還要帶著胡牀上南樓，看月光普照下的千頃秋季人間景色。

45 少年遊（朝雲漠漠散輕絲）

／周邦彥

朝雲漠漠散輕絲，樓閣淡春姿。
柳泣花啼，九街泥重，門外燕飛遲。
而今麗日明金屋，春色在桃枝。
不似當時，小橋衝雨，幽恨兩人知。

▼早上的雲一片迷濛，飄散著細雨，樓閣上散發淡淡的春季氛圍。柳樹在流淚，花兒在哭泣，交錯縱橫的街道上一片泥濘，門外的燕子緩慢地飛行著。

▼如今明亮的太陽照著華麗的屋子，桃枝上顯露出春色。不像當時兩人冒雨站在小橋上，知道彼此內心的怨恨。

46 玉樓春（桃溪不作從容住）

／周邦彥

桃溪不作從容住，秋藕絕來無續處。
當時相候赤闌橋，今日獨尋黃葉路。
煙中列岫青無數，雁背夕陽紅欲暮。
人如風後入江雲，情似雨餘黏地絮。

▼自從我沒有悠閒從容地與女子同住之後，兩人就像秋藕斷絕之後沒有相連之處。當時我們在紅欄杆的橋上相等候，如今我獨自在鋪滿黃葉的路上尋覓。

▼煙霧中有無數並列的青山，燕子背對著紅紅的夕陽，就快到傍晚時分了。那個人如風吹過後落入江中的雲般找不到蹤跡，而我的思念之情就像雨後黏在地上的柳絮那般掃不掉。

47

霜葉飛（露迷衰草） ／周邦彥

露迷衰草，疏星掛，涼蟾低下林表。
素娥青女鬥嬋娟，正倍添淒悄。
漸颯颯丹楓撼曉，橫天雲浪魚鱗小。
似故人相看，又透入清輝半晌，特地留照。

迢遞望極關山，波穿千里，度日如歲難到。
鳳樓今夜聽秋風，奈五更愁抱。
想玉匣哀弦閉了，無心重理相思調。
見皓月牽離恨，屏掩孤顰，淚流多少。

▼露水讓枯草顯得迷濛，稀疏的星星掛在天上，明月降落到林梢。

嫦娥和霜神爭比著誰更明媚，正加倍增添了淒清寂寥的氣氛。

天色漸亮，紅色楓樹颯颯地搖動。小小片的魚鱗雲群，如浪花般橫過天空。

明月又將皎潔月光透進屋裡片刻，好像老友似的，特地留下來照看我。

▼我望向視線極遠處的關隘山嶺，江波穿過千里而去，我感到度日如年，卻難以到達那裡。

今夜，她應該在鳳樓上聽秋風，怎奈懷抱著愁緒直到五更天。

我想，她已經用玉匣子把弦琴關起來，沒有心思重彈相思曲調。

但她一看見皎潔的月亮就被牽起心中離恨，屏風掩住獨自皺眉的她，不知道她流了多少淚。

48 夜飛鵲・別情

／周邦彥

河橋送人處，涼夜何其。斜月遠墮餘輝。
銅盤燭淚已流盡，霏霏涼露霑衣。
相將散離會，探風前津鼓，樹杪參旗。
花驄會意，縱揚鞭亦自行遲。

迢遞路回清野，人語漸無聞，空帶愁歸。
何意重經前地，遺鈿不見，斜徑都迷。
兔葵燕麥，向殘陽影與人齊。
但徘徊班草，欷歔酹酒，極望天西。

▼在河橋上送人離去之處，涼夜已深。斜月的餘輝在遠處降落。
銅盤上的蠟燭已流盡眼淚，細密的涼露沾濕了衣服。
離別前的聚會就要解散了，渡口的鼓聲隨風傳來，樹梢上掛著獵戶星。
花駿馬了解我的心意，縱使我揚鞭催促，仍自顧自地慢慢走。

▼清寂原野上的路程遙遠又曲折，逐漸聽不到人說話的聲音，我徒然帶著愁緒回去。
沒想到再次經過之前走過的地方，已經找不到遺落的首飾，連斜斜的路徑都分辨不清了。
在夕陽餘暉下，兔葵和燕麥的影子與人同高。
我在此處徘徊，把草攤平，一邊嘆息一邊以酒澆地，望向西方天空的盡頭。

49 小重山（月下潮生紅蓼汀）／汪藻

月下潮生紅蓼汀。殘霞都斂盡，四山青。
柳梢風急墮流螢，隨波處，點點亂寒星。
別語寄丁寧，如今能間隔，幾長亭。
夜來秋氣入銀屏，梧桐雨，還恨不同聽。

▼月光下，紅蓼汀旁漲起潮水。殘餘的晚霞都已經收盡，四周山色青綠。

吹過柳梢的一陣快風，讓飛行的螢火蟲不禁往下墜落。螢火蟲隨著波浪飛舞的地方，看起來像點點的紛亂寒星。

▼女子在惜別之語中寄託種種叮嚀，如今兩人之間相隔了幾個長亭的距離？

入夜後，秋天的氣息透過屏風傳入。女子聽著雨滴打在梧桐葉上的聲音，又恨無法與心上人一起聆聽。

50 行香子（草際鳴蛩）／李清照

草際鳴蛩，驚落梧桐，正人間天上愁濃。
雲階月地，關鎖千重。
縱浮槎來，浮槎去，不相逢。
星橋鵲駕，經年纔見，想離情別恨難窮。
牽牛織女，莫是離中。
甚霎兒晴，霎兒雨，霎兒風。

▼草叢間的蟋蟀鳴叫聲，驚落了梧桐葉，現在正是人間和天上愁緒最濃的時候。

以雲為階梯、以月為地的天上，有著千重的關鎖，縱然搭乘浮槎來來去去，卻不能相逢。

▼喜鵲駕起串連兩星的橋，經過一年才見面，我想這份離情別恨是難以窮盡的。

牛郎和織女莫非正在道離別中？

為什麼一會兒晴、一會兒下雨、一會兒起風呢？

51 念奴嬌（蕭條庭院）

／李清照

蕭條庭院，又斜風細雨，重門須閉。
寵柳嬌花寒食近，種種惱人天氣。
險韻詩成，扶頭酒醒，別是閒滋味。
征鴻過盡，萬千心事難寄。

樓上幾日春寒，簾垂四面，玉闌干慵倚。
被冷香消新夢覺，不許愁人不起。
清露晨流，新桐初引，多少遊春意。
日高煙斂，更看今日晴未。

▼蕭條的庭院裡，又下起斜風細雨，讓人必須關閉層層重門。
隨處可見令人寵愛的柳絲和嬌媚花朵的寒食節即將到來，老是各種惱人的天氣。
我完成險韻詩後，喝烈酒後的醉意醒了，又是另一種閒滋味。
遠行的鴻雁全都飛走了，我的萬千心事難以寄出。
▼這幾天來在樓上都感受到春寒，便將四面的布簾都放下來，懶得去倚玉欄杆。
被子涼冷，熏香也消散了，還剛從夢中醒來，讓憂愁的人不得不起床。
清露在早晨流下，梧桐長出新葉，讓人有了或多或少的遊春興致。
日頭漸高，煙霧散去，還要看看今天放晴了沒。

52

雨晴 ／陳與義

天缺西南江面清，纖雲不動小灘橫。
牆頭語鵲衣猶溼，樓外殘雷氣未平。
盡取微涼供穩睡，急搜奇句報新晴。
今宵絕勝無人共，臥看星河盡意明。

天空的西南方有個缺口，江面清澈，輕雲像橫在水邊的小沙灘那樣安穩不動。
牆頭正在啼叫的鵲鳥，其羽翼還是溼的，樓外殘雷的聲響尚未平息。
盡情取用這份微涼，可讓人安穩地入睡，我急著搜尋稀奇的文句，來回報這剛放晴的天氣。
今晚絕佳美好的景色，無人跟我一起欣賞，我躺著看星河盡情地散發明亮。

53

滿江紅・自豫章阻風吳城山作 ／張元幹

春水迷天，桃花浪幾番風惡。
雲乍起遠山遮盡，晚風還作。
綠遍芳洲生杜若，數帆帶雨煙中落。
傍向來沙嘴共停橈，傷飄泊。
寒猶在，衾偏薄。腸欲斷，愁難著。
倚篷窗無寐，引杯孤酌。
寒食清明都過卻，最憐輕負年時約。
想小樓終日望歸舟，人如削。

▼春水湧起，讓人看不清天空，在洶湧的桃花浪中，多次吹來兇猛的狂風。
濃雲突然湧起，把遠山全都遮住了，晚風還繼續吹著。
綠意遍布芳香的小洲，上面長滿了杜若草，在煙雨中，有數艘船將帆收下。
傍晚時，船隻立刻在沙嘴一起停下船槳，而我不禁為了飄泊而感傷。
▼春寒還在，偏偏被子很薄。我悲傷難過，這份愁緒讓人難受。
我倚著船窗，沒有入睡，獨自拿杯子飲酒。
寒食節和清明節都過去了，最可惜的是輕易辜負當年的約定。
我想，小樓裡的她一定整天望著返航的船隻，人漸漸消瘦。

南宋

54 霜天曉角（晚晴風歇）

／范成大

晚晴風歇，一夜春威折。脈脈花疎天淡，雲來去，數枝雪。

勝絕，愁亦絕，此情誰共說。惟有兩行低雁，知人倚畫樓月。

▼傍晚天氣晴朗，風已停歇，一夜之間，春寒的威力就折損了。天空雲層淡薄，稀疏的幾朵梅花含情不語，雲朵來來去去，梅花潔白如雪。

▼這景色美好到極點，我的愁緒也到了極點，這份情要跟誰訴說？只有兩行低飛的雁群，知道我在月光下倚著華麗樓閣。

55 齊天樂・中秋宿真定驛

／史達祖

西風來勸涼雲去，天東放開金鏡。照野霜凝，入河桂溼，一一冰壺相映。殊方路永，更分破秋光，盡成悲境。有客躊躇，古庭空自弔孤影。

江南朋舊在許，也能憐天際，詩思誰領。夢斷刀頭，書開蠆尾，別有相思隨定。憂心耿耿，對風鵲殘枝，露蛩荒井。斟酌姮娥，九秋宮殿冷。

▼西風吹來，似乎把涼雲勸離開了，東邊的天空開放露出金鏡般的明月。月光照在大地上，猶如凝結的白霜，明月倒映在河中，沾溼了月中桂影，萬物像潔淨的冰壺般一個接一個相映。我人在遙遠的異域，又逢秋日景色減半的時節，完全成了讓人悲傷的光景。有我這個出門在外的人徘徊著，在老舊的庭院裡徒然為孤獨的影子而哀傷。

▼江南的朋友故舊在做什麼？他們也許會同情身在天邊的我，但誰能領會我這首詩中的愁思？

想要返鄉的夢已中斷，我以勁銳的筆法寫書信，還把思念之情隨信寫定。
我對國勢感到憂心耿耿，眼前只能看著鵲鳥在風中飛繞著殘枝，沾露的蟋蟀在荒廢的水井旁。
我與嫦娥對飲，只看到秋天裡寒冷的宮殿。

56 法曲獻仙音・弔雪香亭梅 ／周密

松雪飄寒，嶺雲吹凍，紅破數椒春淺。
襯舞臺荒，浣妝池冷，淒涼市朝輕換。
歎花與人凋謝，依依歲華晚。

共淒黯，問東風幾番吹夢。
應慣識當年，翠屏金輦。
一片古今愁，但廢綠平煙空遠。
無語消魂，對斜陽衰草淚滿。
又西泠殘笛，低送數聲春怨。

▼松樹上的積雪飄來寒意，山嶺上的雲被風吹得冰凍，數朵椒形的含苞梅花綻放，春色仍淡薄。
園子裡的襯舞臺已經荒廢，浣妝池畔十分冷清，朝代輕易地變換，如今只剩淒涼。
我感嘆花和人一起凋謝，令人依依不捨的歲月年華已到盡頭。
▼我的心情與此景一樣淒涼暗淡。我問東風曾有幾次吹夢？應該經常見到當年帝王后妃出行的車馬陣仗。
這一片景色讓人充滿懷古傷今的愁緒，只看到荒蕪的園林漫起煙霧直到遠方。
我無言地哀傷著，對著斜陽和枯草淚流滿面。
又聽到西泠橋上傳來繼繼續續的笛聲，低低地送來數聲春天的哀怨。

57 高陽臺・寄越中諸友

／周密

小雨分江，殘寒迷浦，春容淺入蒹葭。
雪霽空城，燕歸何處人家。
夢魂欲渡蒼茫去，怕夢輕翻被愁遮。
感流年，夜汐東還，冷照西斜。

萋萋望極王孫草，認雲中煙樹，鷗外春沙。
白髮青山，可憐相對蒼華。
歸鴻自趁潮回去，笑倦遊猶是天涯。
問東風，先到垂楊，後到梅花。

▼小雨將我和江面分隔開來，我在殘餘的寒意中分辨不清水岸的位置，春色稍微進入蘆葦叢中。
雪停後的空城裡，燕子要飛回哪裡的人家？
我的夢魂想要渡過江面去找你們，但害怕夢太輕，反而被愁緒攔住。
夜裡的潮水往東返回，冷冷的月光往西斜落，我感嘆著時光如流水般逝去。

▼我極目遠望著牽動離愁的茂盛青草，只認出雲煙繚繞的樹林和鷗鳥飛翔之外的沙灘。
滿頭白髮的我對著青山，想著朋友也是以白髮對青山，只覺得可憐。
鴻雁自己跟隨潮水回去，笑我這個厭倦行旅的人，仍然身在天邊。
我問春風，它是否先吹向垂楊，再吹到梅花？

58 聲聲慢・都下與沈堯道同賦 ／張炎

平沙催曉，野水驚寒，遙岑寸碧煙空。
萬里冰霜，一夜換卻西風。
晴梢漸無墜葉，撼秋聲都是梧桐。
情正遠，奈吟湘賦楚，近日偏慵。
客裏依然清事，愛窗深帳暖，戲揀香筒。
片雲歸程，無奈夢與心同。
空教故林怨鶴，掩閒門明月山中。
春又小，甚梅花猶自未逢。

▼廣闊沙原上逐漸天亮了，野外的天然水流散發驚人的寒意，遠方小山崖和小綠林上方的煙霧已經消散。
遍布萬里的冰霜，在一夜之間就取代了西風。
晴天裡，樹梢上逐漸沒有落葉了，搖動的秋聲都是來自梧桐樹。
我的情思飄得正遠，奈何像賈誼作賦弔屈原之類的事，最近偏偏覺得慵懶。

▼在作客的這段時間，我依然沒什麼事，喜歡在深窗旁的暖帳裡，玩著撿香筒的遊戲。
我夢見回鄉的事，卻馬上被驚醒，無奈我的夢境與我的心思相同。
明月照耀的山裡，清閒的門戶緊閉著，我徒然讓昔日居住的山林裡的鶴鳥埋怨我的離開。
又到了小春時節，為什麼我仍舊沒遇到梅花呢？

59 江神子慢（玉臺挂秋月）

／田為

玉臺挂秋月，鉛素淺梅花傅香雪。
冰姿潔，金蓮襯小小凌波羅襪。
雨初歇，樓外孤鴻聲漸遠，遠山外行人音信絕。
此恨對語猶難，那堪更寄書說。

教人紅消翠減，覺衣寬金縷，都為輕別。
太情切，消魂處畫角黃昏時節。
聲嗚咽，落盡庭花春去也，銀蟾迴無情圓又缺。
恨伊不似餘香，惹鴛鴦結。

▼精美的梳妝檯上，掛著秋月般的圓鏡。女子塗上淺淡的白鉛粉，就像梅花上附著了香雪。她那淡雅的姿態潔淨明亮，纖足上襯著小小而輕盈的絲襪。

雨剛剛停歇，樓外孤雁的鳴聲逐漸遠離，遠山外遊子的音信早已斷絕。這份愁恨要用對話表達已經很難了，怎麼還能承受寄託書信來訴說？

▼都是因為輕易離別，讓女子姿容減退，也覺得金縷衣日漸變寬。

這份情感太真切，讓她在傳來畫角聲的黃昏時分，悲傷消魂。

畫角聲嗚咽著，庭院裡的花已經落完，春天也遠去了，遙遠的月亮無情地圓了又缺。

恨他不像花的餘香，能吸引鴛鴦結伴同行。

60 驀山溪・梅 ／曹組

洗妝真態，不作鉛華御。
竹外一枝斜，想佳人天寒日暮。
黃昏院落，無處著清香，
風細細，雪垂垂，何況江頭路。
月邊疏影，夢到消魂處。
結子欲黃時，又須作廉纖細雨。
孤芳一世，供斷有情愁，
消瘦損，東陽也，試問花知否。

▼梅花總是露出卸妝後的真實樣態，不塗抹脂粉來修飾。一枝梅花橫斜突出於竹林之外，就像是天寒日暮時倚著竹子的佳人。在黃昏的庭院裡，這份清香就無處可附著了，更何況是在微風吹拂、白雪不斷落下的江岸路旁的梅花。

▼月下的梅花疏影，讓人作夢時也感到悲傷。當梅樹結的果子要轉黃時，又會下起細雨。梅花這一世都孤芳自賞，提供了非常多的情愁，我為此而像沈約那樣消瘦，請問梅花知道嗎？

元

61 摸魚子・七夕用嚴柔濟韻

／白樸

問雙星有情幾許，消磨不盡今古。
年年此夕風流會，香暖月窗雲戶。
聽笑語，知幾處彩樓瓜果祈牛女。
蛛絲暗度，似拋擲金梭，縈回錦字，織就舊時句。
愁雲暮，漠漠蒼煙掛樹。人間心更誰訴。
擘釵分鈿蓬山遠，一樣絳河銀浦。
烏鵲渡，離別苦，啼妝灑盡新秋雨。
雲屏且駐，算猶勝姮娥，倉皇奔月，只有去時路。

▼請問牛郎、織女這兩顆星有多少情分呢？從古到今都消磨不盡。他們年年都在這個晚上約會，想必薰香溫暖了雲月之間的仙居。我聽著窗外的笑語，就知道有幾個地方準備了彩樓和瓜果，在向牛郎和織女乞巧祈福。蜘蛛暗中以絲織網，好像織女在拋擲金梭，或是像前人那樣織出回文旋圖的詩句。

▼暮色中的雲彩令人發愁，密布而蒼茫的煙霧就像懸掛在樹上。人間的心思還能向誰傾訴呢？我和郎君分隔兩地，他的住處十分遙遠，我們之間彷彿隔著銀河。牛郎和織女能度過烏鵲橋相會，但我仍為離別所苦，滴落的淚好像初秋的雨。我打開雲屏立好。算起來，我還勝過嫦娥，她慌張匆忙地飛奔到月亮，只有去程的路，未能返回。

62

水龍吟（春流兩岸桃花）

／王惲

春流兩岸桃花，驚濤極目呑天去。
孤舟纜解，棹歌聲沸，漁舠掀舞。
雲影西來，片帆吹飽，滿空風雨。
悵淋漓元氣，江南圖畫，煙霏盡，汀洲樹。
天地此身逆旅，笑歸來，滿衣塵土。
功名無子，就中多少，艱危辛苦。
北去南來，風波依舊，行人爭渡。
聽滄浪一曲，漁人歌罷，對夕陽暮。

▼春日江水川流不息，兩岸開滿了桃花，震攝人心的洶湧波濤充滿視野，似乎要吞沒天空。

這一艘孤獨的船解開纜繩，高唱行船之歌的聲音十分喧鬧，捕漁的小船在江面飛舞。

雲影從西方過來，船隻的帆被風吹得飽滿，整個天空都是風雨。

眼前的江南風景，充滿了舒暢充沛的宇宙自然之氣，宛▼如一幅圖畫，彌漫的雲煙散去後，露出了水中沙洲上的樹林。

我旅居在天地之間，笑著回來，整件衣服上沾滿了塵土。

功名中沒有我的份，其中有許多的艱危辛苦。

風波依舊在，遠行的人卻爭著北去南來地渡河（，就像那些爭奪功名的人）。

我聽著漁人高唱滄浪之曲，對著夕陽落下的黃昏景色。

63 雁兒落帶得勝令（雲來山更佳）

／張養浩

雲來山更佳，雲去山如畫。
山因雲晦明，雲共山高下。
倚杖立雲沙，回首見山家。
野鹿眠山草，山猿戲野花。
雲霞，我愛山無價，看時行踏，雲山也愛咱。

▼雲飄來了，山景更美麗。雲飄走了，山景如圖畫一般。山因為雲的來去，時暗時亮，雲也隨著山勢，時高時低。

▼我倚著拐杖，站在沙灘似的雲海邊緣，回首看山的那一邊。

野鹿睡在山中草叢裡，山猿把玩著野花。

雲霞，我愛山景的珍貴無價，總是邊看邊行走，我想雲山也喜歡我。

64 折桂令・秋思

／喬吉

紅梨葉染胭脂，吹起霞綃，絆住霜枝。
正萬里西風，一天暮雨，兩地相思。
恨薄命佳人在此，問雕鞍遊子何之。
雁未來時，流水無情，莫寫新詩。

梨樹的葉子紅得像染上了胭脂。風吹起了霞綃般的紅葉，而後讓它們絆在帶霜的枝條上。

現在正是各地吹起西風的時節，這一天傍晚的雨，讓身處兩地的人充滿相思。

心懷愁恨的薄命佳人在這裡，想問騎馬遠離的遊子到哪裡去了？

雁子還沒送信過來時，流水無情，不要寫新詩任其漂流。

65 塞鴻秋（愛他時似愛初生月） ／無名氏

愛他時似愛初生月，喜他時似喜看梅梢月，
想他時道幾首西江月，盼他時似盼辰鉤月。
當初意兒別，今日相拋撇，
要相逢似水底撈明月。

愛他的時候，就像愛初生的新月；喜歡他的時候，就像喜歡看梅梢上的明月；
想他的時候，就填幾首西江月的相思詞；盼望他的時候，就像在盼望水星和明月相會。
當初他的情意那麼特別，今日卻拋棄了我；
若要相逢，就像在水底撈明月那般徒勞而沒有結果。

66 殿前歡（碧雲深） ／衛立中

碧雲深，碧雲深處路難尋。
數椽茅屋和雲賃，雲在松陰。
掛雲和八尺琴，臥苔石將雲根枕，
折梅蕊把雲梢沁。
雲心無我，雲我無心。

碧雲在山的深處，要前往碧雲所在深處的道路很難尋找。
有幾間茅屋連同雲一起租下來，雲就在松樹的樹蔭下。
牆上掛著雲和出產的八尺琴，我躺在長滿青苔的石頭上，把雲根處當枕頭，
還折下梅花的花蕊，拿去浸透雲梢。
雲的心裡沒有我的存在，雲和我之間只有解脫邪念的真心。

67 浪淘沙・夜雨　／梁寅

檐溜瀉泉聲，寒透疏櫺。
愁如百草雨中生。
誰信在家翻似客，好夢先驚。
花發恐飄零，只待朝晴。
彩霞紅日照山庭。
曾約故人應到也，同聽啼鶯。

▼雨水從檐溝流下，彷彿泉水急流而下的聲音，寒意透過稀疏的窗櫺傳進屋內。我的憂愁如百草在雨中不斷萌生。誰相信我在家睡覺，卻像在外作客般翻來覆去難以入眠，即使做著好夢也先被驚醒。

▼那些盛開的花朵恐怕都凋謝飄落了，只能等到明天早上放晴（才會知道）。彩霞和火紅的太陽映照著山林庭園。曾經約好的老友應該到了，我們就一起聽鶯鳥的啼叫聲吧。

68 浪水龍吟（雞鳴風雨瀟瀟）／劉基

雞鳴風雨瀟瀟，側身天地無劉表。
啼鵑迸淚，落花飄恨，斷魂飛繞。
月暗雲霄，星沉煙水，角聲清裊。
問登樓王粲，鏡中白髮，今宵又添多少。

極目鄉關何處，渺青山髻螺低小。
幾回好夢，隨風歸去，被渠遮了。
寶瑟弦僵，玉笙指冷，冥鴻天杪。
但侵階莎草，滿庭綠樹，不知昏曉。

▼雞鳴四起之際風狂雨驟，我置身在天地之間，卻沒遇到像劉表這樣的人。
啼叫的杜鵑鳥湧出淚水，落花帶著恨飄下，悲傷地飛繞著。
月光在雲朵飄浮的高空裡顯得暗淡，星星在霧靄迷濛的水面沉落，畫角的聲音清亮悠揚。
我想問當年寫〈登樓賦〉的王粲，我在鏡中看見的白髮，今夜又增加了多少？

▼我放眼遠望，看看家鄉在哪裡，只見青山模糊不清，山峰顯得矮小。
我做了幾次隨著風回鄉的好夢，卻都被青山遮擋住了。
寶瑟的弦彈來僵硬，按玉笙的手指很冰冷，高飛的鴻雁在天邊。
但是侵入臺階的莎草和滿庭院的綠樹，讓人不知道此時是黃昏或清晨。

69 菩薩蠻（水晶簾外娟娟月）／楊基

水晶簾外娟娟月，梨花枝上層層雪。
花月兩模糊，隔窗看欲無。
月華今夜黑，全見梨花白。
花也笑姮娥，讓他春色多。

▼水晶簾外有柔美的月亮，梨樹的枝頭上有一層層如雪般的梨花。梨花和月亮兩相模糊難辨，隔著窗看不清楚。

▼今夜月色黯淡無光，只看到梨花的雪白。梨花也笑月亮，讓他占據如此多的春色。

70 月夜登閶門西虹橋／文徵明

白霧浮空去渺然，西虹橋上月初圓。
帶城燈火千家市，極目帆檣萬里船。
人語不分塵似海，夜寒初重水生煙。
平生無限登臨興，都落風欄露楯前。

白霧浮上天空後逐漸變得模糊而消失，西虹橋上掛著剛升起的圓月。城市裡家家戶戶都點亮燈火，放眼遠望全是航行萬里的船隻帆檣。這個人數多到難以分辨誰是發言者的塵世，就像是一座大海；夜的寒意剛剛變得濃重，水面生起煙霧。我這一生無限的登山臨水的興味，都落在風吹而露水凝結的欄杆前。

71 一剪梅（雨打梨花深閉門）

／唐寅

雨打梨花深閉門，忘了青春，誤了青春。
賞心樂事共誰論，花下銷魂，月下銷魂。
愁聚眉峰盡日顰，千點啼痕，萬點啼痕。
曉看天色暮看雲，行也思君，坐也思君。

▼雨滴打在梨花上，女子待在深深緊閉的門內，忘了青春，也誤了青春。她的愉悅心情和歡樂事情，能跟誰說呢？她在花下和月下都感到哀傷銷魂。

▼愁緒聚集在她的眉峰，讓她一整天都皺著眉，臉上留有千點、萬點的淚痕。她在清晨時看天色，在傍晚時看雲彩，行走時思念著郎君，閒坐時也思念著郎君。

72 金門・五月雨

／陳子龍

鶯啼處，搖盪一天疏雨。
極目平蕪人盡去，斷紅明碧樹。
費得爐煙無數，只有輕寒難度。
忽見西樓花影露，弄晴催薄暮。

▼在鶯鳥啼叫的地方，稀疏的雨搖盪著，下了一整天。我放眼遠望草木叢生的曠野，行人全都離開了；殘剩的紅花使得碧綠的樹林顯得更明顯。

▼我消耗了無數的爐火，總覺得很難度過這微寒的季節。我忽然看見西樓露出了花影，它在晴天下戲耍，催促著傍晚到來。

73 玉樓春・白蓮

／王夫之

娟娟片月涵秋影，低照銀塘光不定。
綠雲冉冉粉初勻，玉露泠泠香自省。
荻花風起秋波冷，獨擁檀心窺曉鏡。
他時欲與問歸魂，水碧天空清夜永。

▼柔美的弦月容納了秋日的形影，低低地照著銀白色水塘，閃閃波光搖曳不定。綠雲般的蓮葉柔軟低垂著，白蓮花像剛塗上脂粉的女子，晶瑩如玉的露水讓蓮株一身清涼，自知香氣怡人。

▼秋風吹過荻花，讓水波變得涼冷，白蓮獨自擁著檀紅色的花蕊，偷窺著明鏡般的水面。我想要問白蓮的魂魄將來要歸向何處？塘水碧綠，天際空闊，寂靜的夜晚很漫長。

清

74

蝶戀花・和少游 ／王士禛

啼碎春花鶯燕語。
一片花飛，又是天將暮。
欲乞放晴春不許，黃昏更下廉纖雨。

春去應知郎去處。
好屬春光，共向郎邊去。
畢竟春歸人獨住，淡煙芳草千重路。

鶯燕的啼叫聲弄碎了春花。
一片花飛落，又快到傍晚時分了。
我想要乞求放晴，春天卻不允許，在黃昏時又下起了細雨。
春天離開後，應該知道郎君的去處。
我囑咐春光，一起到郎君的身邊去。
但最終是春歸去後，我一個人獨住，眼前只見淡煙瀰漫和芳草遍布的層迭長路。

75

生查子（惆悵彩雲飛） ／納蘭性德

惆悵彩雲飛，碧落知何許。
不見合歡花，空倚相思樹。
總是別時情，那得分明語。
判得最長宵，數盡厭厭雨。

我惆悵地看著彩雲飛走，不知道它飛到天空的何處。
我沒看到合歡花，徒然倚著相思樹。
我心裡滿懷著別離時的心情，怎能清楚說出來？
我拚命在最漫長的夜裡，數完那微弱的雨。

76 蝶戀花（辛苦最憐天上月）／納蘭性德

辛苦最憐天上月，一昔如環，昔昔長如玦。
若似月輪終皎潔，不辭冰雪為卿熱。
無那塵緣容易絕，燕子依然，軟踏簾鉤說。
唱罷秋墳愁未歇，春叢認取雙棲蝶。

▼最讓人憐惜的是天上辛勤勞苦的明月，每個月只有一晚像圓圓的玉環，其他夜晚都像缺了一角的玉玦。如果你像滿月那樣始終皎潔，我一定不躲避冰雪，為你暖和身心。
▼無奈塵世的因緣容易斷絕，而燕子依然輕踏著簾鉤呢喃細語。唱完了悼亡詩後，我心中的愁緒還未停歇，只好到春天的花叢裡辨認那成雙棲息的蝴蝶。

77 菩薩蠻（為春憔悴留春住）／納蘭性德

為春憔悴留春住，那禁半霎催歸雨。
深巷賣櫻桃，雨餘紅更嬌。
黃昏清淚閣，忍便花飄泊。
消得一聲鶯，東風三月情。

▼我為了留住春天而憔悴，怎麼受得了那催促春天歸去的短暫陣雨。深巷裡有人在賣櫻桃，雨後，那些櫻桃紅得更加嬌豔。
▼黃昏時，我的眼中含著淚水，不忍花朵就這樣凋落而四處飄泊。在春風吹拂的三月裡，我的心情只能承受一聲鶯鳥的啼叫聲。

78 清平樂（將愁不去）

／納蘭性德

將愁不去，秋色行難住。
六曲屏山深院宇，日日風風雨雨。
雨晴籬菊初香，人言此日重陽。
回首涼雲暮葉，黃昏無限思量。

秋色離去的腳步難以停住，卻不把我的愁帶走。
我在曲折屏風旁，深院裡的屋簷下，每天對著風風雨雨。
雨過天晴後，竹籬旁的菊花剛開始散發香氣，人家說這一天是重陽節。
我回首看陰涼的雲和暮色中的樹葉，在黃昏裡充滿無限的思念。

79 謁金門・七月既望湖上雨後作

／厲鶚

憑畫檻，雨洗秋濃人淡。
隔水殘霞明冉冉，小山三四點。
艇子幾時同泛，待折荷花臨鑑。
日日綠盤疏粉豔，西風無處減。

▼我倚靠著畫欄，在雨淋洗過後，這片景色秋意濃烈，人心則淡泊了。
隔著水的另一邊，明亮的殘餘晚霞緩緩下沉，那些山就像三、四個小點。
▼小船什麼時候一起漂浮，等待折下對著水面的荷花？
每天都只看到綠盤般的荷葉，粉豔的荷花漸漸稀疏，西風沒有在任何地方減弱。

80 山行雜詩 ／趙翼

山雲才滃起，頃刻雨點飄。
乃知雲變雨，不必到層霄。
只在百丈間，即化甘澍膏。
君看雲薄處，曦影如隔綃。
自是此雨上，仍有赤日高。

山間的雲才剛湧起，馬上就飄下雨點。
我才知道雲要變成雨，不必到高空才行。
只在百丈高的地方，雲就化成美好的及時雨來潤澤萬物。
你看雲層稀薄的地方，日光的形影像是隔了一層生絲布。
原來是在這片雨的上方，仍然有烈日高掛著。

81 秋夜 ／黃景仁

絡緯啼歇疏梧煙，露華一白涼無邊。
纖雲微蕩月沉海，列宿亂搖風滿天。
誰人一聲歌子夜，尋聲宛轉空臺榭。
聲長聲短雞續鳴，曙色冷光相激射。

絡緯的啼鳴聲剛剛停歇，葉子稀疏的梧桐樹上籠罩著煙霧，露水一片潔白，散發無限的涼意。
纖細的卷雲在空中微微飄蕩，明月沉入大海；秋風充斥空中，星星看起來似乎紛亂搖動著。
是誰在唱著〈子夜〉歌？我尋找聲源，只感覺到這聲音在空無一人的臺榭裡迴蕩。
雞隻一聲長一聲短地持續鳴叫，曙光和水面的冷光強烈地互相照射。

82 樓上對月

／黃景仁

飄飄白袷當回風，三五月照高樓空。
一城露瓦高下白，幾處已滅窗燈紅。
病怯臨窗倦憑几，苦被鐘聲促人起。
樓頭皓魄已天中，郭外青山如夢裏。
濛濛薄霧蒼蒼煙，山意亦如人可憐。
一絲清氣共來往，星辰自動高高天。
風景依稀似前度，此間恍是高寒處。
夜深誰念朗吟人，願化遼東鶴飛去。

白色夾衣迎著旋風飄動著，農曆十五日的明月照著空蕩的高樓。

城市裡沾著露水的屋瓦，在天空下顯得潔白，有幾處人家已經熄滅了窗邊的紅色燈火。

我因為生病而不敢到窗邊，疲倦地靠著矮桌，卻苦於被鐘聲催促而起。

樓上，明月已經升到高空，外城之外的青山好似在夢裡。

迷茫的薄霧、廣闊無邊的煙，山的心意跟人一樣可愛。

我和山之間以一絲清高之氣來往交流，星辰在高空中顫動著。

眼前的風景隱約好像是前一次看過的，此處在恍惚間好像是月中的高寒處。

在深夜裡，有誰在意像我這樣的朗吟人？我願意化成遼東鶴飛去。

83 賣花聲（秋水淡盈盈）

／郭麐

秋水淡盈盈，秋雨初晴。
月華洗出太分明。
照見舊時人立處，曲曲圍屏。

風露浩無聲，衣薄涼生。
與誰人說此時情。
簾幕幾重窗幾扇，說也零星。

秋水淡而清澈，下了一陣秋雨後，剛剛放晴了。月光被雨水洗得十分潔淨明亮。光照中映現了從前那人站立的地方，現在只有彎曲的圍屏。

風和露水浩多而無聲，我因為衣衫單薄而感到涼意生起。我能夠向誰訴說此時的情意？有那麼多層的簾幕、那麼多扇的窗，說起來也很零碎。

84 山雨

／何紹基

短笠團團避樹枝，初涼天氣野行宜。
谿雲到處自相聚，山雨忽來人不知。
馬上衣巾任沾濕，村邊瓜豆也離披。
新晴放盡峰巒出，萬瀑齊飛又一奇。

圓圓的小笠帽避開樹枝，剛開始涼爽的天氣很適合在野外行走。山谷裡的雲到處飄浮，自然就相聚，山雨忽然下了起來，讓人難以預知。放在馬上的衣巾任憑雨水沾濕，村邊的瓜豆也被雨打得紛亂。剛放晴後，雲便散開，讓峰巒全都露出，萬道瀑布齊飛又是一個奇觀。

85 人境廬雜詩（二首）／黃遵憲

・其一

春風吹庭樹，樹樹若為秋。
忽作通宵雨，來登近水樓。
溼雲攢岫出，疊浪拍天流。
不識新波長，沙邊有睡鷗。

・其二

葉葉蕉相擊，叢叢竹自鳴。
蕭蕭傳雨意，摵摵誤秋聲。
露溼寒蛩寂，枝搖暗鵲驚。
幢幢燈影暗，獨坐到微明。

春風吹著庭院裡的樹，為何每棵樹都散發著秋意？
忽然下了整夜的雨，我前來登上近水的樓宇。
溼度大的雲聚集在峰巒湧出，重疊的浪拍到天邊流去。
沙邊還有不知道新水波高漲的睡鷗在那兒。

一片片蕉葉相互拍擊，一叢叢的竹林發出鳴聲。
蕭蕭風聲散布了將要下雨的氛圍，陣陣落葉聲讓人誤以為是秋聲。
露水沾溼了蟲類，讓牠們寂靜無聲，樹枝因風搖動，讓躲在上頭的鵲鳥受到驚嚇。
搖曳的燈影昏暗，我獨自坐到天快亮時。

86 浣溪沙（獨鳥衝波去意閑） ／朱祖謀

獨鳥衝波去意閑，瑰霞如赭水如箋。
為誰無盡寫江天。
並舫風弦彈月上，當窗山髻挽雲還。
獨經行處未荒寒。

▼一隻孤獨的鳥衝破波浪，離開的心意悠閒；瑰麗的晚霞宛如紅褐色的水流，又像是平面的箋紙。
它是為了誰而無盡地描畫江天呢？
▼並行的畫船間，如弦樂的風聲讓明月彈上天際，窗外宛如少女髮髻的青山也挽著雲回來。
我獨自行經的地方並不荒涼寒冷。

87 蝶戀花（獨向滄浪亭外路） ／王國維

獨向滄浪亭外路，六曲欄干，曲曲垂楊樹。
展盡鵝黃千萬縷，月中併作濛濛霧。
一片流雲無覓處，雲裏疏星，不共雲流去。
閉置小窗真自誤，人間夜色還如許。

▼我獨自前往滄浪亭外的道路，在六曲欄杆旁，每個曲折處都有垂楊樹。
垂楊樹盡情展現鵝黃色的千萬條柳枝，它們在月光下一齊變成濛濛的霧靄。
▼一片飄轉流動的雲已經無處尋覓，但雲裡的疏落星星卻沒有跟雲一起流走。
把自己關在小窗裡真是害了自己，人間夜色還如此美好。

88

漁家傲‧東昌道中　／張淵懿

野草淒淒經雨碧，遠山一抹晴雲積。
午睡覺來愁似織。孤帆直，遊絲繞夢飛無力。
古渡人家煙水隔，鄉心撩亂垂楊陌。
鴻雁自南人自北。風蕭瑟，荻花滿地秋江白。

▼野草生長茂盛，在經過一陣雨之後，更顯得碧綠，遠山堆積了一抹晴天的白雲。

午睡醒來後，我心中的愁緒似乎正在交織成形。孤帆直立著，飄浮的蟲絲繞著夢無力地飛。

▼古老渡口旁的民家，被煙霧瀰漫的水面隔開；思念家鄉的心情紛亂得像小路旁的垂楊。

鴻雁往南飛，人往北行去。在秋風的蕭瑟聲中，滿地的荻花讓秋日江流一片雪白。

國家圖書館出版品預行編目(CIP)資料

賞讀書信二 · 古典詩詞天空（增修版）：唐至清代日月星辰晴雨雪九二首／夏玉露作．－二版．－新北市：朵雲文化出版有限公司，2022.07

256 面；14.5*20 公分．-- (iP ; 02b)

ISBN 978-986-98809-6-1(平裝)

831　　111006072

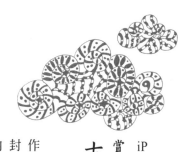

iP 02b

賞讀書信二·

古典詩詞天空（增修版）

唐至清代日月星辰晴雨雪九二首

作者—夏玉露
封面插畫—潘麒方
內頁插畫—luluanta
美術設計—王美琪

出版總監—鄭宇雯
主編—洪禎璐

出版　朵雲文化出版有限公司
地址：新北市中和區景新街496巷39弄16號3樓
電話：(02)2945-9042
信箱：cloudoing2014@gmail.com

總經銷　大和書報圖書股份有限公司
地址：新北市新莊區五工五路2號
電話：(02)8990-2588
傳真：(02)2299-7900

初版｜2022年7月　定價｜320元　ISBN｜978-986-98809-6-1